英語の構造からみる英詩のすがた

文法・リズム・押韻

開拓社
言語・文化選書
44

英語の構造からみる
英詩のすがた

文法・リズム・押韻

岡崎正男 著

開拓社

まえがき

　本書は，英詩の形式に焦点を絞り，その歴史的変遷を概観し，英詩の韻律，押韻，行構成のそれぞれの特徴を，英語の統語的特徴や音韻的特徴に言及しながら浮かびあがらせることを目的とするものである。

　英詩の韻律，押韻，行構成などの形式面について論じる意義は，詩が文学ジャンルのなかでも最も古い歴史があることにあるだけではなく，詩形が言語研究の対象であることにある。詩には言語ごと文化圏ごとに多種多様な種類があるが，絶えることなく多様な内容の詩が作られている。詩は文学研究など複数の研究領域の対象となり，個々の詩に関する多くの研究が発表され今も研究が進められている。同時に，詩はその形式に強い枠がはめられていることがきわだった特徴である。それゆえ，詩の形式自体も研究対象になり，特に 19 世紀以降現在まで詩形研究が活発である。詩形研究は文学，文献学 (philology)，それに詩学 (poetics) の研究領域として認知されているばかりではなく，言語学 (linguistics) の研究領域の一つとしても認知されている。詩形研究は，複数の領域の接点にある研究領域といってもよい。

　詩の形式のうち，今まで特に研究が進んでいるのは三つの側面である。まず，詩の基本単位である「行」(line) の構造の研究がある。「行」には詩形ごとに決められている構造があり，音節数など音韻構造を基礎にしていることが多い。しかし，「行」は句や文などの統語単位から独立した存在であり，句や文に対応する必要

v

はない。それゆえ，行構造と統語単位との関係のありかたが研究対象となってきた。

詩行の韻律型についても19世紀以降研究が活発である。詩の韻律型は，詩形ごとに独自の型があることが知られているが，実際の韻律には，鋳型どおりではないさまざまな変異形がある。それゆえ，実際の韻律型が具現するための仕組みと実際の韻律型と文の統語構造の関連が研究テーマになってきた。

今までに研究が進んでいる詩形の特徴の三つ目は，押韻である。押韻の場合も詩形ごとに違いがあるが，語頭の子音を合わせる頭韻（alliteration）もしくは行末の語の母音以降を合わせる脚韻（rhyme）のいずれかの方法で，「同じ音」を一定の型で繰り返す技法が用いられるのが普通である。興味深いことに，違う子音同士もしくは違う母音同士が押韻し，違う音同士が「同じ音」とみなされる場合があることが報告されている。それゆえ，「同じ音」とみなされる条件は何かということが論点になってきた。

上述の三つの特徴は，英語の詩にも当てはまる。古英語の時代から中英語，近代英語を経て現代英語に至るまで絶え間なく多くの詩が作られているが，個々の詩形ごとに韻律，押韻，行構成の枠があり，その枠内で詩が作られた時代の英語の特徴（詩人の言語直観）を基盤とした規則性が存在することが，1960年代以降の生成韻律論（生成音韻論の枠組みを基盤とした韻律論）の多数の研究で明らかになっている。Halle and Keyser (1966, 1971, 2001), Tarlinskaja (1976, 1984, 1987, 2006), Kiparsky (1975, 1977, 1989, 2006), Hayes (1983, 1989, 2009a, 2009b), Kiparsky and Youmans (eds.) (1989), Russom (1987, 1998), Hanson and Kiparsky (1996), Hayes and Kaun (1996), Golston (1998),

Hayes and MacEachern (1998), Fabb (2002), Minkova (2003), Dresher and Friedberg (eds.) (2006), Fabb and Halle (2008), Aroui and Areo (eds.) (2009), Hayes and Moore-Cantwell (2011), Hayes, Wilson and Shisko (2012) などが代表的な研究である。加えて生成音韻論に依拠しない研究にも, Attridge (1982), Donoghue (1987), Creed (1990), Cable (1991), Cureton (1993), Hutcheson (1995), Momma (1997), Wesling (1996), Keppel-Jones (2001) などがある。

　以上のような状況を前提として, 本書では, 英詩の形式の歴史的変遷をたどり, その後に, 韻律, 押韻, 行構成について観察される規則性について, 英語の言語特徴 (詩人の言語直観) がどう利用されているかという視点から論じる。まず, 第1章と第2章で英詩の形式の歴史的変遷を主たる形式を中心に概説する。第1章では, 古英語と中英語の詩の韻律, 押韻, 行構成について概説し, 言語学の枠組みでの古英語, 中英語の詩形研究における研究課題に触れる。第2章では, 近代英語期以降の詩の韻律, 押韻, 行構成を扱う。主たる形式の特徴を概説すると同時に, 言語学の枠組みでの近代英詩以降の詩形研究の論点に触れる。

　第1章と第2章を基礎にして, 第3章から第5章において, 近代英詩以降の韻律, 押韻, 行構成のそれぞれについて論点を一つ選び, 重点的に議論を展開する。第3章では, 近代英詩の韻律について, 鋳型の弱位置に強勢音節が配置される「韻律の鋳型からの逸脱」と統語構造の関連について述べる。初期近代英語期の William Shakespeare, John Milton, John Donne などの詩の韻律について今まで発掘された事実と一般化を提示し, その後 Emily Dickinson, Robert Frost などアメリカの詩人の韻律と統

語構造との関連を記述し，韻律の特徴を明らかにする。

　第4章では，近代英詩以降の押韻の諸問題のうち，違う母音同士が脚韻している consonance と呼ばれる「不完全脚韻」の一種に焦点を絞り，その解釈を提示する。Emily Dickinson の詩にみられる consonance の事実について新たな記述を提示し，英語の「音声」ではなく英語の「音韻」体系が最大限利用されていることを論じる。その後，William Butler Yeats などの consonance との比較を行い，Emily Dickinson の脚韻をもとに提案した仮説の妥当性を検討する。

　第5章では，詩の行構造の諸問題のうち，行末が統語単位末に対応しない「句またがり」(enjambment) を扱う。Emily Dickinson の詩の「句またがり」について新たな記述を提示し，詩行構成に関して「行末＝音調句末」という一般性を提案する。その後，その一般化が，「句またがり」の多用が顕著な特徴であると言われているアメリカ自由詩のうち，William Carlos Williams と Robert Creeley の詩形に当てはまることを示し，提示した一般化の妥当性を示す。

　本書では，上記のように英詩の形式の三つの側面を重点的に扱うが，全編を通して英詩の形式と音韻構造や統語構造との対応に重点をおいて事実を記述し一般化を提示する。英詩の韻律が単なる弱音節と強音節の繰り返しによるリズムではないこと，英詩の押韻が単なる同じ音声の繰り返しではないこと，そして詩行構成が言語構造とは無関係なものでないことが明らかになる。つまり，英詩の形式自体は文化的背景により作られるものだが，形式の細部は詩人が習得した「英語の文法」により決定されるということが明らかになる。

本書の内容は，主に茨城大学人文学部における特殊講義（1998年，2001年，2008年），大阪市立大学文学部での集中講義（2003年），それに山口大学人文学部での集中講義（2007年，2011年）が基礎となっている。また，本書の内容には，著者がこれまでに口頭発表した内容や出版されている拙稿の内容も含まれている。第3章には，日本英語学会第19大会シンポジウム「音韻研究の展開」（2001年11月11日，東京大学駒場キャンパス）における口頭発表（岡崎 (2001)），日本エミリィ・ディキンスン学会第18回大会シンポジウム「今考えるディキンスンの詩の魅力」（2004年6月19日，神戸女学院大学）における口頭発表（岡崎 (2004)），日本英文学会第77大会シンポジウム「英詩の韻律と言語理論」（2005年5月22日，日本大学世田谷キャンパス）における口頭発表（岡崎 (2005)），それに秋元・前田（編）(2013) に所収の拙稿（岡崎 (2013a)）の内容が含まれている。第4章は，日本エミリィ・ディキンスン学会第27回大会シンポジウム「Sound and Meaning in Emily Dickinson's Poems」（2012年6月30日，国際基督教大学）における口頭発表（岡崎 (2012)）と日本英文学会第85大会（2013年5月25日，東北大学）における口頭発表（岡崎 (2013b)）がもとになっている。第5章は，『近代英語研究』27号に掲載された拙稿（Okazaki (2011)）の内容が基礎となっている。第1章と第2章は，すでに出版されている論考（Okazaki (1992)，Okazaki (1998) など）が関係しているが，書き下ろしの部分である。

　また，本書の第3章から第5章は，以下の科学研究費補助金による研究成果の一部である。

　　基盤研究 (A)「諸言語の音韻構造と音韻理論に関する総合的

研究」（課題番号 12301024，研究代表者　原口庄輔，2000 年～2003 年）

基盤研究（A）「自律調和的視点から見た音韻類型のモデル」（課題番号 20242010，研究代表者　原口庄輔，2008 年～2011 年）

基盤研究（C）「英詩韻律構造の最適性理論による研究」（課題番号 19520412，研究代表者　岡崎正男，2007 年～2009 年）

基盤研究（B）「必異原理の射程と効力に関する研究」（課題番号 24320087，研究代表者　岡崎正男，2012 年～2015 年）

　本書の完成までにはいくつかの段階において多くの方々にお世話になっている。廣瀬幸生先生と今野弘章氏には，本書の構想段階で章立てについて意見をいただいた。小泉由美子氏と今野弘章氏には，本書の草稿のすべてに目を通していただき，文学研究の視点（小泉氏）と言語研究の視点（今野氏）から改善すべき点について具体的な指摘をしていただいた。これらの方々に，ここに記してお礼を申し上げます。

　開拓社の川田賢氏には，本書執筆の機会を与えていただいただけでなく，本書の企画段階から出版までのすべての段階においてお世話になりました。ここに記して厚くお礼申し上げます

2013 年 10 月 23 日

岡崎　正男

目　次

まえがき　*v*

第1章　英詩の形式の歴史的概観：古英語と中英語 …………… *1*
1.1.　古英語の頭韻詩　*3*
1.2.　中英語の頭韻詩　*12*
1.3.　中英語の脚韻詩　*21*
1.4.　まとめ　*32*

第2章　英詩の形式の歴史的概観：近代英詩以降 …………… *33*
2.1.　近代英語期以降の詩形　*34*
2.2.　弱強五歩格の形式　*36*
2.3.　無韻詩　*42*
2.4.　讃美歌（hymn）の韻律と押韻　*50*
2.5.　その他の形式1：sprung rhythm　*56*
2.6.　その他の形式2：自由詩　*62*
2.7.　まとめ　*66*

第3章　英詩のリズムと統語論，音韻論 ………………………… *69*
3.1.　律格の厳密さ　*70*
3.2.　近代英詩の韻律の鋳型からの逸脱概観　*73*
 3.2.1.　Shakespeare　*74*
 3.2.2.　Milton　*79*
 3.2.3.　Donne　*81*
 3.2.4.　Pope　*85*
 3.2.5.　まとめ　*85*

xi

3.3. 事例研究1：Emily Dickinson　　*86*
3.4. 事例研究2：Robert Frost　　*97*
3.5. 事例研究3：T. S. Eliot　　*100*
3.6. 事例研究4：民謡の歌詞　　*104*
3.7. まとめ　　*108*

第4章　英詩の脚韻と音韻論 ……………………………………… *109*
4.1. 脚韻の原則：完全脚韻　　*110*
4.2. 不完全脚韻　　*112*
4.3. 事例研究1：Emily Dickinson　　*113*
4.4. 事例研究2：William Butler Yeats　　*122*
4.5. 事例研究3：ロック音楽の歌詞　　*128*
4.6. Robert Pinsky　　*133*
4.7. Consonance以外の「不完全脚韻」　　*136*
4.8. まとめ　　*140*

第5章　英詩の詩行構成と統語構造，音韻構造 …………… *141*
5.1. 近代英詩以降の詩行構成の「原則」と「例外」　　*143*
5.2. 脚韻詩における「句またがり」：Emily Dickinsonの場合　　*146*
5.3. Dickinsonの詩における「句またがり」の規則性　　*152*
5.4. Dickinsonの詩行構成の意味合い　　*159*
5.5. 他の詩人の脚韻詩における「句またがり」　　*163*
5.6. アメリカ自由詩における「句またがり」　　*167*
5.7. まとめ　　*173*

あとがき ……………………………………………………………… *175*

参照文献 ……………………………………………………………… *179*

索　　引 ……………………………………………………………… *189*

第 1 章

英詩の形式の歴史的概観： 古英語と中英語

ゲルマン民族の大移動でゲルマン人たちがブリテン島に渡った5世紀以来今日に至るまで，英語の歴史において詩の文化が途絶えることはなかった。ただし，5世紀以来の英語の歴史において，詩の形式が段階的規則的に変化してきたわけではない。古英語から現代英語までのそれぞれの時代の英語の言語特性も反映させながら，さまざまな詩の形式が時代ごとに誕生してきたのが実状である。

　英語の詩の形式を構成する基本要素は，行，リズム，それと韻の三種類である。行は，詩の最も基本となる単位である。詩は，通常，行ごとに分けて書かれる。また，詩行の長さについて形式ごとの決まりがある。リズムは，英詩の場合には，強勢のある強い音節と強勢のない弱い音節が，多様性がある日常の発話のリズムとは違い，きわめて規則的で予測可能なまとまり方で配置されることにより生み出される。たとえば，強弱のまとまりや弱強のまとまりが，行のなかで規則的に繰り返されることが多い。強音節と弱音節の配置の型には，詩の形式ごとに一定の範囲で複数の型がある。韻は，同じ子音または同じ母音を一定の型で合わせることにより生じる。同じ子音を合わせる技法を，頭韻（alliteration）と呼ぶ。たとえば, type [taip] と time [taim] は，語頭の [t] が同じなので頭韻のペアになりえる。もう一つの韻を踏む技法は，語中の主強勢を担う母音以降の分節音を合わせる技法で，それを脚韻（rhyme）と呼ぶ。たとえば, fame [feim] と name [neim] は，[eim] の部分が共通部分で脚韻のペアになりえる。これ以降，英詩の形式を説明する際には，かならず基本三要素であ

る，行，リズム，韻に触れながら説明してゆくことにする。

　この章では，英詩の形式のうち，まず，古英語と中英語の時代の詩の形式を，古英語と中英語の言語特徴と英語学研究との関連にも言及しながら概観する。

1.1. 古英語の頭韻詩

　英語の歴史はゲルマン民族がブリテン島に渡った5世紀以降始まるが，その初期の詩の形式は，ゲルマン民族に特有の頭韻詩の形式であった。

　古英語の頭韻詩の形式的は，次の(1)のように図示される。

　(1)　古英語頭韻詩の鋳型

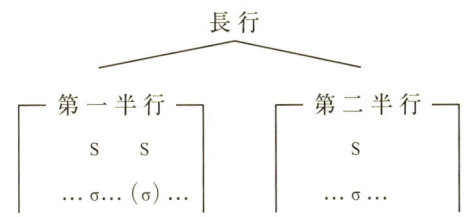

　　　　　　　(S = strong（強音部），σ = 頭韻する分節音を含む音節)

(1)の詩形の特徴をまとめると，次の5点になる。

　(2) a.　1行（長行，long-line）は，二つの半行（half-line）から構成される。

　　 b.　半行の長さは3音節以上だが，音節数は一定していない。

　　 c.　頭韻する分節音を含む音節が強音部になり，強弱の韻

律が実現される。

- d. 半行ごとに頭韻する分節音があるが，第一半行に最大二つ，第二半行に一つである。
- e. 子音の頭韻の場合，同じの音価の子音同士が頭韻する場合と違う音価の子音同士が頭韻する場合がある。母音の頭韻の場合には，違う母音同士が頭韻することが普通である。

(2) の古英語頭韻詩の特徴を理解するために，具体例として，古英詩の作品の一つである *Beowulf* の冒頭の11行 (Klaeber (1950: 1)) の形式を見てみよう。

(3) *Beowulf* (ll. 1-11)
WÆT, WĒ GĀR-Dena   in gēardagum,
þēodcyninga   þrym gefrūnon,
hū ðā æþelingas   ellen fremedon!
Oft Scyld Scēfing   sceaþena þrēatum,
monegum mǣgþum   meodosetla oftēah,   5
egsode eorlsas,   syððan ǣrest wearð
fēasceaft funden;   hē þæs frōfre gebād,
wēox under wolcnum   weorðmyndum þāh,
oð þæt him ǣghwylc   ymbsittendra
ofer hronrāde   hȳran scolde,   10
gomban gyldan;   þæt wæs gōd cyning!
（聞け。われらは，そのかみ，槍のデネたちの
人民の王の栄光を伝え聞いている，
それは貴人のいさおしを立てたいわれを。

しばしばシェアフの末裔のシュルドは，敵の軍勢より，
　　　幾多の種族より，酒宴の席を奪い取り，
　　　武人たちを恐れさせた。始め寄る辺ない身で
　　　見出されたが，やがてそれが酬われて，
　　　あめが下にさかえ，栄光を授かり，
　　　遂には鯨の泊どころのかなたまで四辺のものは彼に従い
　　　貢を献げなければならなくなった。まことにりっぱな王であった。)

　　　　　　　　　　　　　　　　　　(松浪有訳 (松浪 (1977: 23)))

　まず，(2) の引用部分を見るだけで，古英語が現代英語とは全く違う姿をしていることがわかる。その違いを確認したうえで，*Beowulf* の冒頭の 11 行を見ると，半行の長さは最も短いもので 4 音節 (1b, 2a, 2b, 4a, 4b, 6a, 7a, 8b, 9b, 10a, 11a) (a は第一半行，b は第二半行) で，ほかに 5 音節の半行 (1a, 3b, 5a, 5b, 8a, 9a, 10b, 11b) と 6 音節の半行 (3a, 6b, 7b) もある。

　韻律は，強弱が基本であるが，半行の始まりの部分に弱音節がある半行もある。半行を韻律型ごと大まかに分類すると次のようになる (S=強 (strong), W=弱 (weak))。(i) SWSW (gómban gýldan (11a) など)，(ii) WSSW (in géardàgum (1b) など)，(iii) SSWW (þéodcỳninga (2a))，(iv) SWSWW (éllen frémedon (3b) など)，(v) SWWSW (égsode éorlas (6a) など)，それに (vi) 半行頭に余分な弱音節 (下線を施した W) があるもの (W̲WSSW (þæt wæs gód cýning (11b)))。

　頭韻を型ごとに示せば，[ɣ]:[j] (1, 11)，[θ]:[θ] (2)，[æ]:[e] (3)，[ʃ]:[ʃ] (4)，[m]:[m] (5)，[e]:[eo]:[æː] (6)，[f]:[f] (7)，[w]:[w]

(8),［æː］:［y］(9),［h］:［h］(10) となる。必ずしも同じ音価の子音同士が頭韻しているわけではないことがわかる。語頭している子音（もしくは母音）を含む語を，頭韻している部分を太字で示したうえで，行ごとに列挙すると次のようになる。［ɣ］ **GĀ**R-Dena:［j］**g**ēardagum (1),［θ］**þ**ēodcyninga:［θ］**þ**rym (2),［æ］**æ**þelingas:［e］**e**llen (3),［ʃ］**Sc**yld:［ʃ］**Sc**ēfing:［ʃ］**sc**eaþena (4),［m］**m**onegum:［m］**m**ǣgþum:［m］**m**eodosetla (5),［e］**e**gsode:［eo］**eo**rlas:［æː］**ǣ**rest (6),［f］**f**ēasceaft:［f］**f**unden:［f］**f**rōfre (7),［w］**w**ēox:［w］**w**olcnum:［w］**w**eorðmyndum (8),［æː］**ǣ**ghwylc:［y］**y**mbsittendra (9),［h］**h**ronrāde:［h］**h**ȳran (10),［ɣ］**g**omban:［j］**g**yldan；［ɣ］**g**ōd (11)。

　古英語の時代の頭韻詩の特徴で重要な点は，古英詩の形式は，古ゲルマン語の一つである古英語の言語特徴を忠実に反映していることである。とりわけ，古英語では語の主強勢が語頭の音節にあるという韻律的特徴が最大限利用され，SW というリズムが実現されている点が重要である。古英詩の詩作には詩人が獲得した言語直観が最大限利用されていることになり，その点を見逃してはならない。

　古英語頭韻詩の形式については，19 世紀の文献学的英語学研究から現在の生成音韻論的な韻律論研究に至るまで，他の古ゲルマン詩の形式の研究とともに，多くの研究成果が発表されている。具体的な研究テーマは，すべて上記の五つの特徴に関係するもので，(i) 基本単位である半行の韻律型，(ii) 基本単位である半行の構造，そして (iii) 頭韻の原則，の三つにまとめられる。これらの研究テーマは，古英詩の韻律研究が始まった 19 世紀以来変わっていない。

基本単位である半行の韻律型は，SWのリズムが基本であり，この点については研究者の間で意見の相違はない。研究者間で議論になっているのは，半行中のどの部分が韻律に関与するか，という点についてである。

一つの考え方は，半行中で頭韻する分節音がある音節を含む4音節が半行の韻律型を規定するという考えである。19世紀のSievers (1885, 1893) 以来，Hutcheson (1995) に至るまで，伝統的韻律論の立場の研究者は，細部の違いはあるにせよ，この立場をとる (Bliss (1958), Donoghue (1987), Creed (1990), Cable (1991), Momma (1997) など)。半行の韻律型は，SWSW, WSWS, WSSW, SWWS, SSWWの五つの基本型と韻律に関与しない余分な弱音節を含む5音節以上の半行型が設定されている。3音節半行も存在するが，例外的であると認定される。

古英詩半行の韻律型に関するもう一つの立場は，頭韻する分節音がある強音節と半行中の一部の音節のみが韻律に関与する，という立場である。この考え方は，Keyser (1969), Halle and Keyser (1971) 以来の生成韻律論の立場である。この立場には三つの流れがある。まず，Halle and Keyser (1971) では，第一半行に7種類の韻律型 (SS, S, SW, WS, SSW, WSS, SWS) と第二半行に5種類の韻律型 (SW, S, SWW, WSW, WS) が設定されている。また，Russom (1987, 1998) では，詳細は省略するが，頭韻する子音を含む語を中心にすえて，第一半行と第二半行共通の25種類の韻律型が設定されている。それに対して，藤原 (1990) は，半行の韻律型はSWのみであると主張している。半行中で韻律に関与するのは，頭韻する分節音を含む強音節と直後にある弱音節の2音節のみであることになる。

基本単位である半行の構造の研究に関しては，大きく二つの立場がある。一つの立場は，半行の構造の適格性は，半行に含まれる音節数により決定されるという考え方である。伝統的韻律論では，半行には4音節の存在が必須となる。従来の生成韻律論でも，Halle and Keyser (1971) や Russom (1987) などは，頭韻する分節音がある音節を含めて3音節があれば半行が成立すると仮定している。藤原 (1990) では，SW の韻律型が実現すればよいため，半行には2音節で成立するということが予測される。

　半行構造についてのもう一つの立場は，半行の適格性に半行中の音節の配列も関与するという Okazaki (1998) の立場である。Okazaki (1998: 257) は，音節の配列に基づく「最小半行」(minimal half-line) という概念を提案している。具体的には，古英詩の「最小半行」は3 feet（この場合の foot は，2項的，主要部は右，語末から音節の重さに考慮して構築）である，という提案がなされている。

　「最小半行」という概念により，今までうまく捉えることができなかった三つの事実を包括的に説明できるという利点がある。まず，4音節半行のうち出現頻度が高い [WORD HX] [WORD XX] と出現頻度がきわめて低い [WORD LX] [WORD XX] を峻別できる (H=重音節；L=軽音節；X=重音節もしくは軽音節)。前者にはフットが三つ以上含まれているのに対して，後者にはフットは二つしかない (Okazaki (1998: 256-258))。

　次に，3音節半行のうち実在する型 ((4)) と実在しない型 ((5)) を峻別でき，3音節半行を例外的なものとみなす必要がなくなる。

(4) a. [WORD HX] [WORD X]
        folmes hlæst（海の荷物＝さかな）　　　(*Genesis A* 1515a)
    b. [WORD X] [WORD HX]
        secge betsa（最高の男）　　　　　　　　(*Beowulf* 947b)
    c. [WORD X] [WORD X] [WORD X]
        hāt in gān（入るよう命じた）　　(*Christ and Satan* 386b)
(5) a. *[WORD LX] [WORD X]
    b. *[WORD X] [WORD LX]

前者にはフットが三つあり，後者にはフットは二つしかない (Okazaki (1998: 258-262))。

　最後に，従来は説明できなかった古英詩における2音節半行欠如の理由を提示できる。2音節の組み合わせは，HH，HL，LH，LL の4種類で，それに2音節語一つか単音節語二つかという区別を加え，合計8種類ある。いずれの場合も，フットの数は最大で二つであり，古英詩の「最小半行」のサイズに合わない。それゆえ，古英語頭韻詩には2音節半行は存在しない (Okazaki (1998: 258-259))。

　第三の研究テーマである古英詩の頭韻については，頭韻が分節音の音価の同一性により決定されないという点については研究者間に意見の相違はない。研究者間で議論の対象になっているのは，(i) 子音の頭韻が抽象的音韻レベルで決まるのかそれとも音声的な類似により決まるのか，(ii) [sp-], [st-], [sk-] という子音連結は [sp-], [st-], [sk-] としか頭韻しないのはなぜか，(iii) 音値の違う母音同士が頭韻することが圧倒的に多いのはなぜか，という三つの点である。

最初の論点について，Lass and Anderson (1975: 139-141) は，頭韻が音声的類似でも基底表示の一致でもなくなんらかの抽象的音韻レベルの一致の可能性よりで決定されるという立場をとる。音価の違う二つの子音が頭韻可能なのは，それらの子音が同一の基底表示から派生される可能性がある場合であると主張している。たとえば，上記で引用した *Beowulf* の 1 行目の Gār-dena の語頭の [ɣ] と gēardagum の語頭の [j] の頭韻の場合，二つの子音の音価は全く違い，かつ当該の 2 語は形態的に無関係であるが，[ɣ] と [j] はともに基底子音 /g/ の可能な出力形である。

　この見解とは対照的に，Minkova (2003) は，頭韻が音声的な類似性により決定されると主張している。Minkova (2003: 121-129) は，古英詩の音価の違う子音同士の頭韻は，子音がもっている [continuant]（継続性），[voice]（有声性），[labial]（両唇性），[dorsal]（舌背性），[coronal]（舌頂性）などの素性が一致している場合に生じる「素性の頭韻」とみなすべきだとする。たとえば，上で引用した Gār-dena の語頭の [ɣ] と gēardagum の語頭の [j] の頭韻は，関連する五つの素性の値のうち優先順位が高い継続性，有声性，両唇性の素性の値の一致により許容されると考える。二つの子音はともに，[+ continuant, + voice, − labial] である。

　いずれの立場でも違う音価の子音同士の頭韻の分布を捉えることができる。違う音価の子音同士の頭韻が，抽象的な音韻表示のレベルの頭韻なのか音声的な類似性による頭韻なのか，現時点では議論の決着はついていない。

　第二の論点である子音連結の頭韻については，古英語の語頭の子音連結のうち，[sp-], [st-], [sk-] のみが特殊なふるまいを示す点については意見の相違はない。研究者間の意見が分かれるの

は，三つの子音連結だけが特殊なふるまいをするという現象をどう解釈するか，という点である。現時点で説得力がある説明は，古英語の [st], [sp], [sk] は，見かけは子音連結だがその実態は「単一子音」であるという説明である。この説明を支持する傍証として，上記3種類の子音連結のうち，特に [st] は通時的音韻変化に関して単一子音としてふるまう，という事実がある。たとえば，[st] は子音連結であるにもかかわらず開音節長化（open syllable lengthening）(name [namə]>[naːmə]) の場合と同様に，/...V$_1$stV$_2$/ の連鎖の V$_1$ を長化させる ((6a))（中尾 (1985: 132)）。また，[st] は子音連結にもかかわらずその直前の位置の母音の短化を阻止する ((6b))（中尾 (1985: 144)）。

(6) a.　beste [beːstə] 'beast'（動物）
　　　 taste [taːstə] 'taste'（味）
　 b.　OE læst > ME lēst 'least'（すくなくとも）
　　　 OE gāstas > ME gōstes 'ghosts'（精神，幽霊）

　第三の論点である違う母音同士の頭韻が多い点についても，いくつかの説が発表されている。交替形ではない母音同士の頭韻のペアが圧倒的多いことから，基底母音の頭韻ではないことまではわかる。

　母音の頭韻に関する現時点のもっとも有力な説は，Minkova (2003) の提案である。Minkova (2003: 144-191) は，古英語では「語頭に子音が存在しなければならない」という音韻制約が強く作用し，母音始まりの語でも語頭に声門閉鎖音 ([ʔ]) が存在しており，古英詩における「母音の頭韻」の実態は，実は声門閉鎖音同士の頭韻であったと主張している。この考えが正しいとする

と，古英詩の頭韻はすべて子音同士の頭韻であることになる。音価が違う母音同士の頭韻が圧倒的に多い事実も不思議ではなくなる。声門閉鎖音の頭韻であれば，母音をあわせる必要が全くないからである。しかし，古英語では「語頭に子音が存在しなければならない」という音韻制約が強く作用していたという仮説と，古英語の母音始まりの語の語頭にはかならず声門閉鎖音が存在していたと仮定すべきだという主張は，詳細に検証してみる必要がある (Okazaki (2006, 2007))。

1.2. 中英語の頭韻詩

　古英語の韻律的特徴を忠実に反映した頭韻詩は，1066 年の「ノルマン人の征服」(Norman Conquest) 以後，結果的に廃れてしまった。頭韻詩の衰退にはいくつかの理由が考えられるが，「ノルマン人の征服」以後生じた言語変化により，英語の音韻体系のゲルマン語的性格が消滅したことも一因であると考えられる。「ノルマン人の征服」以後，古英語の時代が終わり中英語の時代に移行するが，中英語の時代には，次節で述べる WS のリズムを基本とする脚韻詩の形式が支配的になった。

　しかし，伝統が途絶えたかにみえた頭韻詩の形式は，14 世紀に一次的に復活した。これを「頭韻詩の復活」(alliterative revival) と呼ぶことがある。しかし，詩形は，基盤となる英語の音韻体系そのものが変化してしまったため，古英語時代のゲルマン的な頭韻詩とは違ったものになった。中英語期の「頭韻詩の復活」の時期の頭韻詩の形式には，次の (7) にまとめられているような特徴がある。

(7) a. 音節数が不定の長行が基本単位(の可能性が高い)。
 b. 頭韻する子音を含む語が 1 行に三つある場合が多い。
 c. 頭韻詩ごとに独自の構造がある。

上記の特徴を具体的にみるために，*Sir Gawain and the Green Knight*（以下，*GGK*）を取り上げ，その構造を考える。まず，*GGK* は，14 世紀後半の西中部 (West Midland) 方言で書かれた詩であると考えられ，2530 行からなるいわゆる「ロマンスもの」の詩の一つである。この詩の形式の特徴は，音節数と行数が不定の頭韻のスタンザのあとに 1 行の bob と 4 行の wheel が続くことである。この「不定行数の頭韻スタンザ+bob+wheel」という形式が，*GGK* 独自の構造となる。(8) に *GGK* の 1105 行～1125 行 (Tolkien and Gordon (1967: 31)) を示す。

(8) 'ȝet firre' quoþ þe freke, 'a forwarde we make: 1105
　　 Quat-so-euer I wynne in þe wod, hit worþz to yourez;
　　 And quat chek so ȝe acheue, chaunge me þerforne.
　　 Swete, swap we so, sware with trawþe,
　　 Queþer, leude, so lymp lere oþer better.'
　　 'Bi God,' quoþ Gawayn þe gode, 'I grant þertylle, 1110
　　 And þat yow lyst for to layke, lef hit me þynkes.'
　　 'Who bryngez vs þe beuerage, þis bargayn is maked':
　　 So sayde þe lorde of þat lede; þay laȝed vchone,
　　 Þay dronken and day lyeden and dalten Vntyȝtel,
　　 Þise lordez and ladyez, quyle þat hem lyked; 1115
　　 And syþen with Frenkysch fare and fele fayre lotez
　　 Þay stoden and stemed and stylly speken,

Kysten ful comlyly & kaȝten her leue.
With mony leude ful lyȝt and lemande troches
Vche burne to his bed watz broȝt at þe laste   1120
    ful softe.
  To bed ȝet er þay ȝede
  Recoreded couuenauntez ofte;
  Þe olde lord of þat leude
  Cowþe wel halde layk alofre.

(「さらに」と騎士は言った。「次の約束をしよう」
私が森で得るものはなんでも，あなたのものとなり，
そしてあなたが得るものはなんでも，それと変えよう。
さあ，交換しよう―まごころをもって誓おう―
たとえどんなによかれあしかれ」
「神かけて」とガウェインは言った。「私はそれに同意します」
そしてあなたが遊びの心をお持ちなのを，好ましく思っています」
「もし誓いの酒を持って来られれば，この取引きは成立だ」
と領主は言って，彼らはともに笑った。
彼らは飲み，ふざけ，大いに打ち興じた，
これらお殿がたや貴婦人がたは，彼らの気の向くあいだ。
そしてそれからいとも上品にいろんなみごとなことばを交わしつつ，
上品に接吻をして，いとまを告げた。
多くの忙しく動く召使などや明々としたたいまつを伴なって，
やっとふたりとも寝室へ案内された。
    いとも静かに。

第1章 英詩の形式の歴史的概観：古英語と中英語　　15

　　彼らが床につくまえに
　　いく度も誓いを繰り返した。
　　老いたる君主は
　　よく遊びごとを続ける方法を知っていた。）

　　　　　　　　　　　　　　（松浪有訳（松浪(1977: 174-175)））

　上記の引用部分で，1105行から1120行までが頭韻のスタンザである。1121行がbob，そのあとの4行がwheelと呼ばれる詩行である。

　(8)では，1行中に三つある頭韻語を中心してSWのリズムが具現され，そのまわりにさらに弱音節が配置されていることになる。例として1105行から1110行を例にして示せば，(9)のようになる。

(9)　　　S　　　　　　　S　　　　S
　　'ʒet **firre**' quoþ þe **freke**, 'a **forwarde** we make:
　　　　　　　　　　S　　　　　　　S　　　　S
　　Quat-so-euer I **wynne** in þe **wod**, hit **worþeʒ** to yourez,
　　　　　　　　S　　　　S　　　S
　　& quat **chek** so ʒe **acheue**, **chaunge** me þerforne.
　　　　S　　S　　　　S
　　Swete, **swap** we so, **sware** with trawþe,
　　　　S　　　　S　　　S
　　Queþer, **leude**, so **lymp lere** oþer better.'

　(9)では頭韻する分節音を含む3語（太字で表記）が強く発音され，その3箇所が行中でもっとも強く発音されると解釈される。

そして，*GGK* では，強音が 3 箇所ある詩行がもっとも出現頻度高い。Oakden (1930: 190) によれば，頭韻スタンザ 2025 行のうちの 1614 行がこの型である。そのほかに，頭韻する分節音が語頭にある語が 4 語含まれている行が 313 行，頭韻する分節音を含む語が 2 語のものが 99 行，頭韻する分節音を含む語が 5 語含まれている行が 14 行，頭韻する分節音が 2 種類含まれている行が 17 行である (Oakden (1930: 190))。なお，中英語期の他の頭韻詩おいても，*GGK* とは違う構造であるにもかかわらず，1 行中の頭韻語が 3 語ある場合がもっとも多い傾向が顕著にみられる (Oakden (1930: 181-200))。

(8) に引用した部分の頭韻のスタンザにおける頭韻する分節音とその語を記すと以下のようになる。

(10) 1105 [f]: firre, freke, forwarde
　　　1106 [w]: wynne, wod, worþez
　　　1107 [tʃ]: chek, acheue, change
　　　1108 [sw]: swete, swap, sware
　　　1109 [l]: leude, lymp, lere
　　　1110 [g]: god, gode, grant
　　　1111 [l]: lyst, layke, lef
　　　1112 [b]: bryngez, beuerage, bargayn
　　　1113 [l]: lorde, lede, laʒed
　　　1114 [d]: dronken, daylyeden, dalten
　　　1115 [l]: lordez, ladyez, lyked
　　　1116 [f]: Frenkysch, fare, fele, fayre
　　　1117 [s]: stoden, stemed, stylly speken

1118 [k]: kysten, comlyly, kaʒten
1119 [l]: leude, lyʒt, lemande
1120 [b]: burne, bed, broʒt

GGK では，上記の頭韻型のほかに，音声的に違う音価の分節音同士が頭韻していると解釈される詩行も存在する。たとえば，(11) に示されているように，[v]:[f]，[v]:[w]，[ʤ]:[ʧ]，[s]:[z] などの頭韻のペアがある（中尾 (1972: 464)，小野・中尾 (1980: 540-541)，Okazaki (1992))。

(11) a. **V**erayly his **v**enysoun to **f**ech hym beforne, (1375)
(確かに彼の鹿肉を以前彼のもとに持ってくるよう（命じた))

b. He watz so **j**oly of his **j**oyfnes, and sumquat **ch**ildgered: (86)
(彼は若く陽気でいくぶん子どものようだった)

c. Now a**ch**eued is my **ch**aunce, I **sch**al at your wylle (1081)
(いまや自分の幸運を手に入れたので，私はあなたの意志のもので)

d. Quen **Z**epherus **s**ylfez himself on **s**edez and erbez, (517)
(西風が実をつけた植物と地面に吹いたとき)

また，(8) の引用部分の頭韻型に加えて母音の頭韻も存在する。次の (12) に示されているように，古英語の母音の頭韻と同じように違う母音同士が頭韻してよい。

(12) Forþi an **aunter** in **erde** I **attle** to shawe, (27)
 (それゆえこの世での冒険をしようと思う)

しかし，中英語の頭韻詩では，古英語の頭韻詩と比べ母音の頭韻の出現率が著しく低下し，*Beowulf* で 15.5％の出現率であったものが 14 世紀には平均 3％まで低下する (Lawrence (1893: 55), Schumacher (1914: 44-56), Minkova (2003: 166))。しかも同じ母音同士の頭韻の例が増えるようになる。

　中英語期の頭韻詩には，*GGK* のほかに，*Pearl, Cleanness, Lagamon's Brut, Wynnere and Wastoure, The Wars of Alexander, Piers Plowman* などの多くの作品がある。中英語期の頭韻詩の形式も，古英語の頭韻詩の形式と同様に，古くから英語学研究の対象となってきた。Oakeden (1930-1935) という古典的で包括的な研究から最近の Minkova (2003) まで，多くの研究成果が出版されている。中英語の頭韻詩の構造に関する研究テーマは，(i) 詩行のリズムと韻律の基本単位の特定と (ii) 頭韻を司る原則の特定に絞られる。

　詩行のリズムについては，頭韻する分節音を含む語を中心として SW のリズムが実現されており，この点について研究者間に意見の相違はない。議論の的になっているのは，韻律の基本単位として半行構造を認めるか否かという点についてである。

　中英語の「頭韻詩の復活」の時期の頭韻詩のテクストを編纂する際には，古英語頭韻詩のテクストとは違い，半行構造を明示しないで形で編纂されている。しかし，中英語の頭韻詩に半行構造を認める研究者が多い。Oakden (1930-1935) をはじめとして，中尾 (1972, 1978)，Cable (1991) など多くの研究が半行構造を

認めている。

　中英語頭韻詩の韻律の基本単位は長行である，と主張しているほとんど唯一の研究にFujiwara (1988) と藤原 (1990) がある。中英語頭韻詩の韻律の基本単位は長行だとする主な根拠は二つである。まず，*GGK* においては，行全体で SW の韻律型が具現されていると考えられることである。*GGK* では第一半行においては，頭韻する分節音を含む語は一つであることは少なく，二つもしくは三つのものが圧倒的に多い。それゆえ，第一半行の卓立が第二半行の卓立よりも高く，長行全体で SW の韻律が具現されていると解釈される（藤原 (1990: 363)）。

　中英語頭韻詩の基本単位が長行であるとする第二の根拠は，*GGK* の写本において半行の存在を示す証拠がないことである。すなわち，「どの長行も大文字で書き始められ，1 行ずつ完全に分かち書きされているのに対して，左右の半行を区別する工夫は全く見当たらない」（藤原 (1990: 364)）。

　このように，中英語の頭韻詩の基本単位については，対立する二つの見方があり，いまだに結論が出ていない問題である。

　中英語の頭韻詩に関するもう一つの研究テーマである頭韻については，(i) 音価の違う子音同士が頭韻する場合がある，(ii) 子音連結の頭韻の場合には子音連結ごとの変異が観察される，それと (iii) 母音の頭韻の場合には，古英詩とは違い，出現頻度がきわめて低いうえに同じ音価の母音同士が頭韻する場合が多い，という三つの事実については研究者間の意見の相違はない。研究者間で意見の相違があるのは，その三つの事実の解釈である。

　まず，違う音価の子音同士の頭韻については，実例の一部を (11) に示したが，作品間の差が大きいため，Oakden (1930) 以

来，事実が指摘されているものの統一的な解釈は提示されていない。頭韻についての最近のもっとも包括的研究である Minkova (2003) でも，断片的な事実が言及されるにとどまっている。

二番目の論点である子音連結の頭韻は，古くから活発な議論がなされてきた現象である。議論の対象となるのは次のような特異な事実である。(i) 語頭の [sp-], [st-], [sk-] はかならず [sp-], [st-], [sk-] と頭韻する (Minkova (2003: 240-310))。(ii) [sn-], [sm-], [tr-], [dr-], [fr-], [θr-] は, [sn-], [sm-], [tr-], [dr-], [fr-], [θr-] と頭韻する場合と，それぞれ [s], [d], [t], [d], [f], [θ] と頭韻する場合がある (Minkova (2003: 240–310))。(iii) [kn-], [gn-], [hn-], [hr-], [hl-], [hw-], [wr-], [wl-] は，中英語の時期に単純化が生じて，最初の子音が消失したため，綴り字の上で 2 番目の子音が頭韻していると解釈される場合がある (Minkova (2003: 311–370))。

これらの事実のうち (i) と (ii) の事実が議論の対象となるが，現在のところ，Minkova (2003) が首尾一貫した解釈を提示している。Minkova (2003: 238–310) によると，頭韻の際の (i) の子音連結と (ii) の子音連結の違いの原因は，前者が後者と比べてより結合力があり (cohesive)，子音間の密着性が強い子音連結であるという事実に求められる。(i) の子音連結は，二つの子音から構成されているように見えるが，実態は二つの子音が「単一子音もどき」になっているのに対して，(ii) の子音連結は見かけどおり二つの子音から構成される，ということになる。

第三の論点である母音の頭韻についての古英語頭韻詩と中英語頭韻詩の違いについても，Minkova (2003) がいちばん体系的な解釈を提示している。Minkova (2003: 186) によれば，古英語に

おいて優先順位が高かった「語頭に子音が存在しなければならない」という音韻制約は、中英語期になって優先順位が古英語の時代と比べて低くなり、中英語後期の母音始まりの語の語頭には、声門閉鎖音が義務的に存在する必要がなくなった。Minkova (2003) の提案が正しければ、中英語頭韻詩の母音の頭韻は、声門閉鎖音の頭韻ではなく、文字どおり母音の頭韻とみされる。この分析が正しいとすると、母音の頭韻の出現率が減少することは不思議ではない。頭韻はあくまで子音の押韻だからである。また、同じ音価の母音同士を合わせることが増えたことも不思議ではない。古英語で語頭に存在した声門閉鎖音がなく、合わせるべき子音がないからである。

1.3. 中英語の脚韻詩

1066 年の「ノルマン人の征服」以降、さまざまな理由があるにせよ、結果として英語自体の仕組みが変化した。14 世紀ころまでに、屈折接辞がほとんど消滅したため、名詞の性と格の区別は消滅した。動詞の時制の区別は維持されたが、人称の区別や数の区別は形式上希薄になった。統語構造に目を向ければ、変異形はあるにせよ、現代英語と同じ SVO 語順が優勢となった。

詩の形式に関係が深い音韻体系も変化した。母音と子音も変化を被り、古英語の時代とは全く別ものになった。詩の形式との関連でいちばん重要な変化は、語の強勢型の変化である。古英語の時代には、1.1 節でも述べたように、語の主強勢は特定の接頭辞 (for- や ge- など) が付加した場合を除けば、例外なく語頭の音節にあった。語の強勢型は [WORD $\sigma_s\sigma_w\sigma_w...\sigma_w$] という単純なも

のであり，この強勢型が頭韻詩の形式に適合したものであった。中英語の時代には，語強勢体系に変化が生じ，2 音節以上の語において，主強勢が語頭にはなく，WS の韻律型を持つ語が出現したと考えられている。

　中英語における WS という語強勢型の出現は，優勢な詩形の変化と対応している。この時代は，SW の韻律で語頭の主強勢を担う音節の子音を際立たせる頭韻詩ではなく，WS の韻律を基本に，主強勢を担う音節の母音以降の分節音を行末の位置で合わせて際立たせる脚韻詩が出現し，隆盛になる。脚韻詩の隆盛の原因は複数考えられるにせよ，脚韻詩の形式に適合する強勢型の語の出現が原因の一つであることは間違いない。主強勢が語頭以外の位置にあれば，1 行中に WS の韻律を実現しやすくなると同時に，脚韻の位置である行末に主強勢を担う音節を配置することが比較的容易になると考えられる。語頭に主強勢がある語のみからなる言語においては，そもそも 1 行中に WS の韻律を実現することに困難を伴う。

　語中における WS の韻律型の出現は，古英詩のような形式の頭韻詩の衰退も促進したと考えられる。古英詩では，行中に SW の韻律が実現されているが，主強勢が語頭にない語が増加すれば，SW のリズムを実現することがむずかしくなるからである。

　中英語脚韻詩の特徴をまとめると次のようになる。

(13) a.　1 行の音節数は一つの詩のなかでは一定（6 音節，8 音節，10 音節など）。
　　 b.　WS のリズムが基本となり，1 行中で WS が繰り返される。

```
          ∧      ∧      ∧      ∧
          W S    W S    W S    W S ...
```

c. 行末に脚韻語が配置される。行末に配置された語の強勢を担う母音以降の分節音が「一致する」ように作詩されている。

中英語期の脚韻詩の具体例として，後期中英語期に書かれた Chaucer の *The Canterbury Tales* (14 世紀) と作者不詳の *The Owl and the Nightingale* (13 世紀) の形式を検討する。いずれの詩の言語も，古英語から大きく変化し，現代英語の近づいた姿になっている。まず，*The Canterbury Tales* の General Prologue の冒頭の 10 行を (14) に挙げる。

(14) *The Canterbury Tales*: General Prologue, ll. 1-10
　　　Whan that Aprill with his shoures **soote**
　　　The droghte of March hath perced to the **roote**,
　　　And bathed every veyne in swich li**cour**
　　　Of which vertu engendred is the **flour**;
　　　Whan Zerphirus eek with his sweete **breeth**　　　5
　　　Inspired has in every holt and **heeth**
　　　The tendre croppes, and the yonge **sonne**
　　　Hath in the Ram his halve cours y**ronne**,
　　　And smale foweles maken melod**ye**,
　　　That slepen al the nyght with open **ye**　　　10
　　　（四月がそのやさしきにわか雨を
　　　三月の旱魃の根にまで滲みとおらせ，
　　　樹液の管ひとつひとつをしっとりと

ひたし潤し花も綻びはじめるころ，

西風もまたその香しきそよ風にて

雑木林や木立の柔らかき新芽に息吹をそそぎ，

若き太陽が白羊宮の中へその行路の半ばを急ぎ行き，

小鳥たちは美わしき調べをかなで

夜を通して眼をあけたるままに眠るころ，）

　　　　　　　　（桝井迪夫訳『完訳　カンタベリー物語』岩波文庫）

　(14) では，詩行の韻律は WS が基本で，1 行 10 音節の五歩格となっている。例として，5 行目と 6 行目の韻律を示すと，以下のようになる。

　　Whan Zérphirús eek wíth his swéete **bréeth**　　　　　5
　　Inspíred hás in évery hólt and **héath**　　　　　　　　6

いずれの行でも，弱音節と強音節が交互に出現して詩行のリズムを構成し，行末に脚韻語が配置され，その強勢母音以降の分節音が一致している。ここで注目すべきことが二つある。一つは，5 行目の Zérphirús (西風) のような 3 音節以上の名詞では，2 箇所に強勢が配置されていると考えられることである。もう一つは，6 行目の every (すべて) の第 2 音節の弱母音のように，/r/ などの共鳴音の直前の弱母音は，実際には発音されるにもかかわらず，リズムを特定する際には，韻律に関与しない母音として無視される場合があることである。

　脚韻については，奇数行末の語と偶数行末の語が脚韻語のペアになっている。脚韻部分を太字してそのペアを示すと，s**óote**:**róote**, licóur:flóur, bréeth:héeth, sónne:yrónne, mélodyé:yé

となる。

　中英語の脚韻詩のもう一つの例として，*The Owl and the Nightingale* の形式を考える。この詩は，13世紀後半の南西部 (Southwestern) 方言に書かれた詩で，梟とナイチンゲール（夜鳴き鶯）の問答の形式をとった寓話である。具体例として，冒頭の12行を韻律の表示とともに (15) に示す（本文テクストは，Stanley (1972: 49) より）。

(15)　*The Owl and the Nightingale* (ll. 1-12)
　　　Ich wás in óne súmmere dále;
　　　In óne súþe díʒere hále
　　　Ihérde ich hólde gréte tále
　　　An Húle and óne Níʒtingále.
　　　Þat láit was stíf & strác & stróng,　　　　5
　　　Sum wíle sófte & lúd amóng.
　　　An áiþer áʒen óþeres svál
　　　& lét þat vvóle mód ut ál;
　　　& éiþer séide of óþeres cúste
　　　Þat álre wórste þát hi wúste.　　　　　　10
　　　& húre & húre of óþeres sónge
　　　Hi hólde pláiding súþe strónge.
　　　（私はある夏の日ある谷にいた
　　　きわめて山深い人里離れた所だった。
　　　私には激しい論争が聞こえてきた
　　　論争の主は，梟とナイチンゲールだった。
　　　論争は痛烈ではげしく敵対的だった。

ときどき穏やかになったがまた大声になった。
そして，互いに相手のことをどなり散らし，
相手に対する敵意をむき出しにしていた。
そして，互いに相手の特徴について述べた，
相手の既知の特徴のうちの最悪の部分を。
特に相手の歌について
彼らは非常に激しい論争をしていた。)

　この詩も *The Catebury Tales* と同様に，WS が基本のリズムで作詩されているが，1 行が 8 音節からなる四歩格の詩である。実際の韻律は (15) に記されたようなものであると解釈される。WS のリズムを基調に，語末に脚韻語が配置され，その脚韻語の強勢母音以降の発音が一致している。また，実際には発音される弱音節のうち，下線が施されている，/r/ などの共鳴音の直前にある弱母音と弱母音が連続する場合の 2 母音のうちの一つは，詩行のリズムに関与しないと解釈されることである。

　脚韻については，脚韻語は隣接する奇数行と偶数行がペアになっている。脚韻語を，脚韻部分を太字で示すと以下のようになる：d**ále**: h**ále**; t**ále**: niʒting**ále**; str**óng**: am**óng**; c**úste**: w**úste**; s**ónge**: str**ónge**。それぞれのペアで，強勢母音とそれに続く分節音がすべて一致していると解釈される。

　以上，いくつかある中英語の脚韻詩のうち，*The Canterbury Tales* と *The Owl and the Nightingale* を例にその形式を概観したが，中英語の脚韻詩の形式に関する研究テーマは，(i) 詩行の韻律型の特定と (ii) 脚韻の原則の解明，の二つに絞り込まれる。

　詩行の韻律型の特定については，文献学的研究だけではなく理

論的な視点からも研究が進められている。20世紀後半の生成音韻論的視点からの研究だけでも，Halle and Keyser (1966, 1971), Nakao (1978), Youmans (1996), Terajima (2000) などがある。これらの研究の論点は，中英語脚韻詩の詩行の鋳型の韻律構造の特定と，詩行の鋳型と実際の詩行のリズムの対応関係がどのようになっているか，ということに絞り込まれる。

　脚韻詩の詩行の鋳型の抽象的韻律構造では，WS の脚が規則的に繰り返されるという点については，研究者間の見解は一致している。三歩格なら1行で WS が3回，四歩格なら1行で WS が4回，五歩格なら1行で WS が5回，それぞれ繰り返される。脚韻詩の詩行の韻律構造の研究で論点となるのは，詩行の韻律の鋳型である抽象的韻律構造と実際の韻律型の間に「不一致」があり，逸脱が生じているか否かである。結論から述べれば，抽象的韻律構造と実際の韻律構造の「不一致」がほとんどない語類と，「不一致」が生じる語類がある。

Terajima (2000: 26-34) によると，鋳型の S 位置に生じることが予測される単音節語内容語が W 位置に生じる例が，(i) 行中休止 (caesura) の前後，(ii) 句末（名詞句末，動詞句末，前置詞句末），それに (iii) 行頭において生じる。しかし，その出現頻度は，単音節名詞で 1.7%，単音節形容詞で 1%，単音節動詞で 2% である。例として，単音節名詞が詩の鋳型の W 位置に生じる例を (16) に示す。

(16) a.　Of sundry wemen, which lýf that they ladde
　　　　　　　　　　　　　　　　　W　　S

(さまざまな女性，その人たちが送った人生)

(The Legend of Good Woman 276)

b.　Ne of fáme wŏlde they noght
            W　　S

(名声など何一つ彼らは望んでいなかった)

(The House of Fame 1712)

c.　Snów whìte and reed, that shynen cleere
         W　　S

(白い雪とヨシ，鮮やかに輝いている)

(Canterbury Tales VIII 254)

　単音節語であっても，鋳型のW位置に生じることが予想される法助動詞の場合はS位置も生じ，S位置に生じる頻度がW位置に生じる頻度の2倍以上である (Terajima (2000: 44))。

　SWの強勢型をもつ2音節内容語も単音節内容語と同じ分布を示す (Terajima (2000: 35-37))。鋳型のSWの位置に生じることが圧倒的に多いが，句末と行末で，鋳型のWSに対応している場合が散見される。具体例を (17) に示す。

(17) a.　In oure énglissh, I thenke make
              W　S

(我々の英語では，私が思うに)

(Confessio Amantis 23)

b.　Allas! ye lords, many a fals flátour
                               W　S

(ああ！ 旦那様，多くの邪悪で人におもねる輩)

(Canterbury Tales VII 3325)

第1章 英詩の形式の歴史的概観：古英語と中英語

詩行の鋳型ともいえる抽象的韻律構造からの実際の韻律の逸脱という現象は，次章で述べる初期近代英詩以降頻繁に観察される。中英語の脚韻詩で実際の韻律の鋳型からの逸脱が例外的であることは，中英語期の脚韻詩が，詩行の韻律の鋳型に極めて忠実に作られていたことの証である。

中英語脚韻詩の形式についてのもう一つの研究テーマである脚韻については，同じ音値の母音同士が脚韻のペアになるのが原則であるという点は研究者間の意見の相違はない。しかし，音価の違う母音同士の脚韻が観察されることも事実であり，その種の脚韻型が研究対象になってきた。

音価の違う母音の脚韻型には，たとえば，次のようなものがある。

(18) a. [i]～[e]

An ʒif me lust, one mi skent**inge**,

To wernen oþer wni**enge**,

（そして，他の住人を拒絶することが

私の喜びとなるならば，）

(*The Owl and the Nightingale* 613-614)

b. [u]～[o]

'"Er date of daye hider arn we w**onne**',

So watʒ al samen her answer soʒt.

'We haf standen her syn ros þe s**unne**,

And no mon byddeʒ vus do ryʒt moʒt.'

'Gos into my vyne, dotʒ þat ʒe c**onne**',

So sayde þe lorde, and made hit toʒt.

'What resonabele hyre be naȝt be **runne**
I yow pay in dede and þoȝte.'
(「1日の始まりにわれわれはここに来た」,
全員が一斉にそう答えた。
「われわれは日の出からずっとここにいる,
そして誰もわれわれにすぐに何かしろと命じるこ
とはできかった。」
「私のブドウ畑に入れ,お前たちはそれがで
きるようになれ」
そのように領主は強い調子ではっきり
と言った。
「理にかなった報酬が夜までに払われる
私はお前たちに払うつもりだし実際払う。」)

(*Pearl* 517–524)

 c. [e]~[a]

Vor nis non so dim þustern**esse**
Þat ich euer iso þe l**asse**.
(まだそれほど暗くはないので
私にはより小さいものまで見える)

(*The Owl and the Nightingale* 369–370)

(18) の中英語期の不完全脚韻については,単に綴り字の一致による「視覚韻」(eye rhyme) として処理できないため説明が必要となるが,体系的な説明がほとんど提案されていない。唯一の例外は, Terajima (1985, 2000) の Trajectory Constraint を用いた説明である。Terajima によれば,中英語脚韻詩で違う音価の

母音同士が脚韻のペアとして許容されるのは，二つの母音の差が「1段階」とみなされる場合である。

具体的には，音価が違っているのに脚韻のペアとして許容されるのは次のような母音のペアである (Terajima (2000: 11-12))。

(19) a. [i]:[e] [y]:[e] [y]:[ø] [a]:[o]
         [u]:[o] [i]:[o] [e]:[a] [e]:[u]
     b. [iː]:[eː] [yː]:[eː] [eː]:[ɛː] [yː]:[oː]
         [ɛː]:[aː] [aː]:[ɔː] [uː]:[oː] [aː]:[oː]
         [oː]:[ɔː] [ɛː]:[oː]

たとえば，[i] と [e] はともに前舌母音で，違いは舌の高さのみである。前者が後者よりも舌の高さが1段階高い母音である。他のペアのうち，[y]:[e], [y]:[ø], [a]:[o], [u]:[o], それに [e]:[a] については同様のことが当てはまる。いずれのペアでも，左の母音の舌の位置が右の母音よりも一段高い。そして，このような脚韻のペアは出現頻度が比較的高い。それに対して，[i]:[o] と [e]:[u] は，2段階の違いがある。まず，いずれも前舌と後舌の違いあり，そのうえ舌の高さが1段階ちがう。このようなペアは，脚韻のペアとして実際に観察されることは事実だが，出現頻度が低い。(19b) の長母音についても同じ傾向がある。[iː]:[eː] や [uː]:[oː] は出現頻度が高い。それに対して，[yː]:[oː], [aː]:[ɔː], [aː]:[oː], [ɛː]:[oː] などのペアは，前舌対後舌という違いに加えて，舌の高さも1段階違い，合計で2段階の違いがあるため，出現頻度が低い。

以上が，Terajima (2000) の提案の骨子であるが，中英語脚韻詩における違う音価の母音同士の脚韻については，他の説明の可

能性も考えてみる必要がある。確かなのは，二つの音価が違う母音同士の脚韻の型の分布は無原則ではないため，詩人が獲得した言語能力が関与していると考えざるをえないことである。

1.4. まとめ

以上，古英語と中英語の時代の詩の形式的な特徴を概観した。詩の形式自体は文化的背景から決定されるものであると考えられる。同時に，詩の形式は当該言語の特徴，とりわけ韻律に関する特徴と母音体系や子音体系を忠実に反映させていることが明らかになった。

なお，中英語の時代の詩形には本章で紹介したもの以外の詩形があるが，それらについては，松浪 (1977) などを参照されたい。

第 2 章

英詩の形式の歴史的概観： 近代英詩以降

英語の歴史をその時代ごとの言語的特徴をもとに区分すると，5世紀にゲルマン人たちがブリテン島へ渡ってから12世紀半ばころまでの英語は同時代の古ゲルマン語と共通の言語特徴を持つ古英語と呼ばれ，「ノルマン人の征服」を経ていわば変身を経験した英語を中英語と呼ぶことはすでに前章で述べた。中英語の時代がおおよそ15世紀まで続く。

  16世紀以降，英語の言語特徴がさらに変化し現代英語の姿に近づいた。16世紀以降の英語を中英語と区別し近代英語と呼ぶ。さらに，17世紀までを前期近代英語，18世紀以降を後期近代英語に分類する。現代英語は近代英語の延長線上にある。近代英語から現代英語に至るまでの期間は，中英語期以降の脚韻詩の詩形が維持されただけではなく，さまざまな詩形が生まれた。

  本章では，16世紀以降の英詩の形式を概観し，英語学研究の視点から重要だと判断される側面について重点的に述べる。まず2.1節において，近代英語期以降の英詩の形式をその律格（meter）を基盤にして分類し，2.2節から2.6節で五つの詩形について重点的に議論することにしたい。

2.1. 近代英語期以降の詩形

  Finch and Varnes (eds.) (2002) には，近代英語期以降の詩形のうちの律格（meter）に関して，12種類以上の形式が紹介されている。まず，accentual verse から始まり，syllabic meter, counted verse, iambic meter, blank verse, anapestic meter, trochaic meter, dactylic meter, free verse, hendecasyllabic meter, quantitative meter, そしてどの系統にも属さない律格, の形式の特徴が各執筆者の視点から簡潔にして要領よく説明されている。しかし, すべての詩形が同じ資格で存在しているわけではない。韻律の基本となる脚 (foot) には, 2音節を単位とする弱強格や強弱格のほかに, 3音節を単位とする弱弱強格や強弱弱格, 4音節を単位とする強弱弱弱格や弱弱弱強格など, 複数の脚が認められるが, あくまで弱強格が中心的存在である。その他の脚は周辺的な存在でしかない。

　弱強格以外の形式のうち, anapestic meter (弱弱強格) は, "an important minority of English poems"(英詩の中の重要な少数派) (Hartman (2002: 52)) と評価されている。また, trochaic meter (強弱格) と dactylic meter (強弱弱格) は, "Purely trochaic verse ... is relatively rare in English"(純粋に強弱格の詩行は, ... 英語では比較的まれである) (Phillips (2002: 59)), "... the dactyl is the furthest common metrical foot from the familiar iamb."(強弱弱格は一般的な弱強格からもっともかけ離れた韻律脚の型である) (Finch (2002: 66)) と評価されている。他の弱強格以外の詩形についても同様で, 近代英詩以降の詩形のなかでは, 弱強格に比べるとすべて周辺に位置づけられる。それに対して, 弱強格の韻律は, "... iambic meter fits the language [=English] better than any other accentual-syllabic meter."(弱強格は他のどのアクセントと音節を基盤にした律格よりも英語と相性がよい) と評価されている (Ridland (2002: 41))。このように, 弱強格は近代英語期以降の英詩の形式のなかで特別の存在なのである (中英語期の弱強格に対しても同様の評価がなされている。松浪 (1977))。

2.2. 弱強五歩格の形式

近代英詩以降の詩形のなかで特別な存在である弱強格のなかでも，1 行が 10 音節からなる imabic pentameter（以下，弱強五歩格）が英詩の形式のなかで中心的なものとして位置づけられる。その形式は (1) のように図示される。

(1) 弱強五歩格の鋳型

∧　∧　∧　∧　∧
W S　W S　W S　W S　W S

(1) に示されているのは，1 行が 10 音節から構成され，弱音節 (W) と強音節 (S) から成る 2 音節の脚が規則的に 5 回繰り返される，ということである。そして，右端の S 位置にある音節が一定の規則性で脚韻する音節となる。具体例として，Ridland (2002: 40) が提示している架空の詩行を (2) に示す。

(2) ∧　∧　∧　∧　∧
W　S　W S　W S　W　S　W　S

I'd　líke to　ìntrodúce a　fríend　of　míne.
（友人の一人を紹介いたします）

(2) では，鋳型の W 位置に無強勢音節が，S 位置に強勢音節が，それぞれ配置されており，鋳型どおりの韻律が具現されている。さらに，行末にある mine が脚韻語で，[ain] の部分が押韻する。

しかし，弱強五歩格の詩では，多くの研究者が指摘しているように，鋳型に忠実に作られている (2) のような詩行はまれで，大部分の詩行には (1) からの逸脱がある。逸脱の型は次のように

まとめられる。

(3) a. 鋳型の W 位置に単音節で強勢がある語が配置されている場合。
   b. 鋳型の S 位置に単音節で無強勢の語(機能語)が配置されている場合。
   c. 鋳型の脚(WS)の位置に SW の強勢型の 2 音節語もしくは 3 音節以上の語の SW の部分が配置されている場合。
   d. 鋳型の SW の位置に WS の強勢型の 2 音節語が配置されている場合。
(4) a. 1 行が 10 音節以上に見える場合。
   b. 1 行が 10 音節未満に見える場合。
(5) 違う分節音同士が押韻している場合。

上述の弱強五歩格の特徴の具体例として,初期近代英語期の詩である Shakespeare のソネット 60 の形式を観察してみる。ソネットは,14 行から構成される詩形で,いくつかの変異形が存在するが,Shakespeare のものは English sonnet と呼ばれるもので,弱強五歩格の脚韻詩で,4 行連 (quatrain) 三つと 2 行連 (couplet) 一つから構成されている。

(6) Sonnet 60

   Like as the waves make towards the pebbled shore
   So do our minutes hasten to their end;
   Each changing place with that which goes before,
   In sequent toil all forwards do contend.

Nativity, once in the main of light, 5
Crawls to maturity, wherewith being crown'd,
Crooked eclipses 'gainst his glory fight,
And Time that gave, doth now his gift confound.
Time doth transfix the flourish set on youth,
And delves the parallels in beauty's brow; 10
Feeds on the rarities of nature's truth,
And nothing stands but for his scythe to mow:
 And yet, to times in hope, my verse shall stand
 Praising Thy youth, despite his cruel hand.

(ちょうど、小石に埋もれた浜辺に浪が押し寄せるように、
私たちの時間も、刻々と、終りへむかって急いでいる。
それぞれの時が先をゆく時にとってかわり、
みんなが押しあいながら、つぎつぎに進んでゆく。
幼児はひとたび光の大海原にうまれでるや、
這いにじり、壮年に達するが、頂点をきわめると、
不吉な影がその栄光にたたかいをいどみ、かつては
あたえてくれた時の神が、自分の恵んだものを打ちこわす。
時の神は青春のはなやかないのちを刺しつらぬき、
美の額にいくえもの皺をほりおこし、
自然が生んだ完璧無比の手本を食いあらす。
 だが、私の詩はその酷い手にあらがい、来るべき世まで
 持ちこたえ、きみのすばらしさを称えつづけるだろう。)

(高松雄一訳　シェイクピア『ソネット集』岩波文庫)

(6) の実際の韻律には、(1) からの逸脱がある。まず、無強勢

で発音されると考えられる前置詞などの機能語が鋳型の S 位置に配置されている行がある（右端の（　）内の数字は行数を示す）。

(7) a.

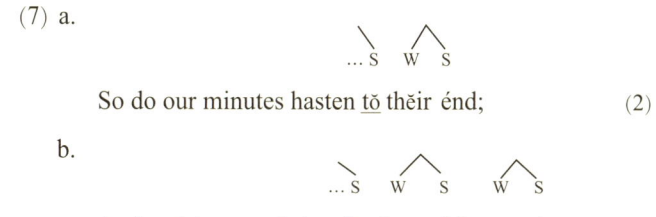

$$\overset{\diagdown}{\underset{...\,\text{S}}{}}\ \overset{\diagup\diagdown}{\underset{\text{W\ \ S}}{}}$$

So do our minutes hasten tŏ thĕir énd;　　　　　　(2)

b.

$$\overset{\diagdown}{\underset{...\,\text{S}}{}}\ \overset{\diagup\diagdown}{\underset{\text{W\ \ S}}{}}\ \overset{\diagup\diagdown}{\underset{\text{W\ \ S}}{}}$$

And nothing stands but fŏr hĭs scýthe tŏ mów　　(12)

(7a) の to と (7b) の for が，無強勢語であるにもかかわらず S 位置に配置されている。また，強勢を担っている単音節内容語が，鋳型の弱位置に配置されている場合がある。

(8)

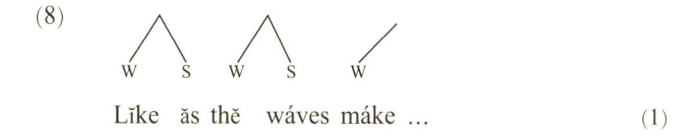

$$\overset{\diagup\diagdown}{\underset{\text{W\ \ S}}{}}\ \overset{\diagup\diagdown}{\underset{\text{W\ \ S}}{}}\ \overset{\diagup}{\underset{\text{W}}{}}$$

Lĭke ăs thĕ wáves máke ...　　　　　　　　　(1)

(8) では，動詞の make が W 位置に配置されており，鋳型からの逸脱が生じている。

行頭の脚（WS）の位置に SW の韻律が実現されている行もある。このような現象を特に韻律的倒置（metrical inversion）と呼ぶことがある。

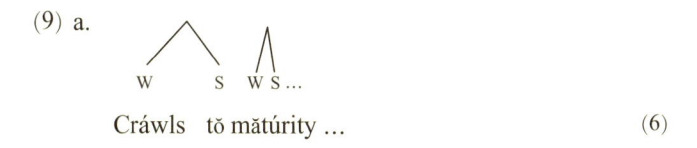

(9) a.

$$\overset{\diagup\diagdown}{\underset{\text{W\ \ \ S}}{}}\ \overset{\diagup\vert}{\underset{\text{W\,S}}{}}...$$

Cráwls tŏ mătúrity ...　　　　　　　　　　　(6)

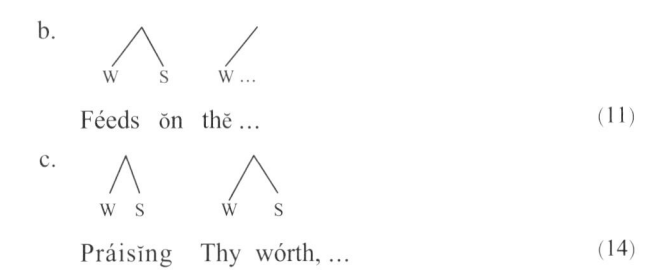

b.
```
    W   S   W ...
   Féeds ŏn thĕ ...
```
(11)

c.
```
    W   S   W   S
   Práisīng Thy wórth, ...
```
(14)

(9a) と (9b) では，行頭の動詞と前置詞の連鎖の強勢型は SW であり，鋳型から逸脱している。(9c) では，行頭の 2 音節語の強勢型は SW であり，明らかに鋳型からの逸脱が生じている。

次に，1 行の音節数が 10 音節を超えているように行がある。具体的には 6 行目には 11 音節あるようにみえる。この場合には，行末から 2 番目の語である being [biiŋ] において二つの母音が連続するという特徴がある。それゆえ，当該行で，この語の連続する 2 母音のうちの一つが韻律に不関与で，行中で韻律に関与するのはあくまで 10 音節であると解釈される。

(6) の脚韻型に目を向けると，最後の 2 行をのぞいて，4 行連のなかで 1 行おきに脚韻のペアが現れる ababcdcdefefgg という脚韻型で，次の脚韻のペアを抽出できる（太字の部分が脚韻に関与）。

(10) a. 1 行〜4 行： sh**ore**:bef**ore**; **end**:cont**end**
   b. 5 行〜8 行： l**ight**:f**ight**; cr**own'd**:conf**ound**
   c. 9 行〜12 行： y**outh**:tr**uth**; br**ow**:m**ow**;
   d. 13 行，14 行： st**and**:h**and**

(6) は，規則的な押韻をしていることがわかる。

以上，Shakespeare のソネット 60 を例にして弱強五歩格の詩形を概観した。概観から近代英語期以降の弱強五歩格に関する研究テーマは，(i) 詩の実際のリズムの鋳型から逸脱の型とその規則性と (ii) 脚韻の規則性の二つに絞り込まれる。(i) については，記述研究から理論的な研究まで多数の研究が発表されている。特に，1970 年代以降の生成音韻論の視点からの研究では，多音節語の詩行における分布，詩の実際のリズムの鋳型からの逸脱と統語構造との関連，それに詩人ごとの鋳型からの韻律の逸脱の違いと統語構造との関連，などについて多くの研究が発表されている (Halle and Keyser (1971), Tarlinskaja (1974, 1983, 1984, 1987), Kiparsky (1975, 1977), Hayes (1983, 1989), 溝越 (1985, 2001), Hanson and Kiparsky (1996), Fabb (2002), Dresher and Friedberg (eds.) (2006), Fabb and Halle (2008), 等)。

もう一つの研究テーマである脚韻ついての研究では，(10) に示した「完全脚韻」ではなく，違う音価の分節音同士が脚韻のペアとなる「不完全脚韻」が研究対象となる。具体的には，近代英語期以降に見られる四つのタイプの脚韻型がその研究対象となる。

(11) a. consonance: tell [tel]~steel [stiːl]
   b. assonance: name [neim]~pain [pein]
   c. light rhyme: kiss [kis]~tenderness [...nis]
   d. apocopated rhyme: face [feis]~places [pleisiz]

(11a) は強勢母音の音価が違うが語末の子音の音価が同じ場合で，(11b) が強勢母音の音価は同じだが語末の子音の音価が違う場合である。(11c) は，無強勢母音が脚韻していると解釈される

場合である。(11d) は,強勢母音の音価は同じだが脚韻語の語尾が違っている場合である。

脚韻形式の研究の論点は,なぜ違う音価の分節音同士が押韻するのか,という点に絞り込まれる。前章で述べた頭韻の場合と同じように,音韻論的な抽象的同一性によるものか音声的な類似によるものか議論されている。詩人ごとの「不完全脚韻」の研究も多数あるが,研究者間の意見の一致はみていない。先行研究には,理論的視点からのものとして,Zwicky (1976) や Hanson (2002, 2003) などがある。個別の詩人の不完全脚韻の研究として,Lindberg-Seyersted (1968) (Emily Dickinson の「不完全脚韻」), Perloff (1970) (William Butler Yeats の「不完全脚韻」) をはじめ多数の論考がある。また,英詩の脚韻研究ではないが,トルコ語の音値の違う母音同士の脚韻型について,抽象的な音韻レベルの同一性に基づくという主張をしている Malone の一連の研究がおもしろい (Malone (1982, 1988))。

2.3. 無韻詩

近代英語期には,弱強五歩格の変異形とでもいうべき形式として,無韻詩 (blank verse) が誕生した。無韻詩とは,弱強五歩格の韻律にもとづき作詩されているが行末に脚韻語がない詩形を指す。すなわち,(12) (=(1)) の弱強五歩格の鋳型にもとづき作詩されているが,行末の音節が押韻しない。

(12) 弱強五歩格の鋳型 (=(1))

```
  ∧     ∧     ∧     ∧     ∧
 W S   W S   W S   W S   W S
```

無韻詩の代表例としては，Milton の *Paradise Lost* や Shakespeare の劇の多くのものがある。そして，無韻詩の実例では，弱強五歩格の脚韻詩と共通点が多いのは確かだが，無韻詩ならではの特徴もある。脚韻語がないという最大の特徴のほかに，韻律と詩行構成に関して，(13) の特徴がある。

(13) a. 詩行の韻律に鋳型からの逸脱がある。
   b. 「句またがり」(enjambment) が頻繁に観察される。

(13a) の特徴は，弱強五歩格の脚韻詩と共通の特徴で，無韻詩にも，(3) の逸脱型や (4) のような詩行が存在する。それに対して，(13b) の特徴は無韻詩に特有のものである。「句またがり」とは，詩行末が統語単位の節の右端とは対応せず，詩行が節の中間要素で終わっている現象を指す。「句またがり」自体は，近代英語期になってはじめて現れた現象ではなく，後期中英語期の Chaucer の脚韻詩のなかでも *The Book of Duchess*（『侯爵夫人の書』）などに多用されていた (Masui (1964: 192-218))。しかし，近代英語期以降になると，「句またがり」は，もっぱら無韻詩において多用される技法に変化した。

無韻詩の特徴をみるために，Milton の *Paradise Lost* の冒頭の 16 行の形式を観察する。

(14) *Paradise Lost* (Book I, ll. 1-16)
   Of man's first disobedience, and the fruit
   Of that forbidden tree, whose mortal taste
   Brought death into the world, and all our woe,
   With loss of Eden, till one greater man

Restore us, and regain the blissful seat,　　　　　　　　　5
Sing Heav'nly Muse, that on the secret top
Of Oreb, or of Sinai, didst inspire
That shepherd, who first taught the chosen seed,
In the beginning how the hev'ns and earth
Rose out of Chaos: or if Sion hill　　　　　　　　　　　10
Delight thee more, and Siloa's brook that flowed
Fast by the oracle of God; I thence
Invoke thy aid to my advent'rous song,
That with no middle flight intends to soar
Above th'Aonina mount, while it pursues　　　　　　　　15
Things unattempted yet in prose or rhyme.

（神に対する人間の最初の叛逆と，また，あの禁断の
木の実について（人間がこれを食べたために，この世に
死とわれわれのあらゆる苦悩がもたらされ，エデンの
園が失われ，そしてやがて一人の大いなる人が現われ，
われわれを贖い，楽しき住処を回復し給うのだが）——
おお，天にいます詩神よ，願わくばこれらのことについて
歌い給わらんことを！おお，汝，詩神よ，汝はホレブの，
いな，シナイのひそかな山の頂きにおいて，選ばれた民に向か
い，
いかにして混沌より天と地が生じたかを始めて教えた，あの
羊飼いに霊感を与え給うた。それとも，もし汝にして
シオンの山，また神の宮居の傍近く流れるシロアの小川の方を
好み給うのであれば，私は，その地より汝の援助を祈り求める
——

未だいかなる詩文においても試みられることのないもろもろの事柄を歌い，ヘリコンの山の上空高く飛び翔けようとする，冒険にも等しい私の大胆な歌を，願わくは我をして歌わしめ給え，と。）

(平井正穂訳『失楽園（上）』，岩波文庫)

まず，繰り返しになるが，*Paradise Lost* は無韻詩なので行末の音節は押韻（脚韻）しない。詩行の韻律には，弱強五歩格の脚韻詩と同様に鋳型からの逸脱がある。第一に，無強勢の機能語が鋳型のS位置に配置されている場合がある。1行目の and，8行目の the，それに 14 行目の with などが該当する。さらに，行頭の脚（WS）の位置が SW の強勢型の場合がある。10 行目と 12 行目の行頭が該当する。

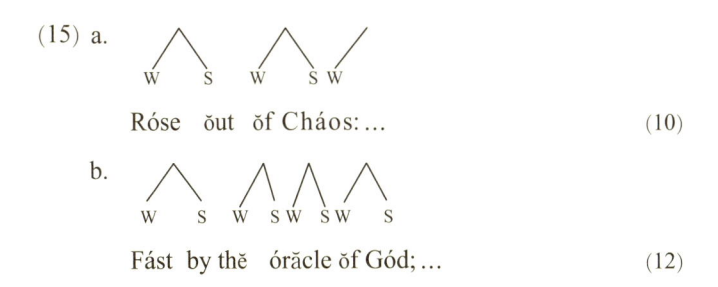

(15) a.

    W S W S W

  Róse ŏut ŏf Cháos:…   (10)

 b.

    W S W S W S W S

  Fást by thĕ órăcle ŏf Gód;…   (12)

(15a) では，行頭に動詞 rose と前置詞 out の連鎖があり，動詞のほうが強く発音され，行頭の脚（WS）の位置で SW の韻律が具現されている。(13b) にも同じことが当てはまる。行頭には副詞 fast と前置詞 by の連鎖があり，前者のほうが相対的に強く，SW の韻律が具現され，逸脱が生じている。

無韻詩の顕著な特徴は，(13b) にあるように，その詩行構成の

方法にある。引用した *Paradise Lost* の冒頭の 16 行には，(13b) の「句またがり」の詩行が多い。引用した 16 行中 11 行に「句またがり」が観察される。3 分の 2 以上の行において「句またがり」が生じていることになるが，整理すると次のようになる。

(16) a.　行末が名詞句の中間要素で終わる場合
　　 b.　行末が主語名詞句で終わる場合
　　 c.　行末が他動詞で終わる場合
　　 d.　行末が自動詞で終わる場合
　　 e.　行末が主語と副詞要素の連鎖で終わる場合

(16a) に該当するのは，1 行目と 6 行目である。前者を例にすると，当該名詞句は the fruit of that forbidden tree で，統語構造と詩行の関係は概略 (17) のようになる (‖ は行末を示す)。

(17)　[$_{NP}$ the fruit ‖ [$_{PP}$ of that forbidden tree]]

行末にある the fruit は，名詞句の中間にあり節末とは対応しない。

(16b) に該当するのは，2 行目，4 行目，8 行目，9 行目の行末である。それぞれの行の関連する部分を抜き出すと，次の (18) のようになる。

(18) a.　[$_S$ [$_{NP}$ whose mortal taste] ‖ [$_{VP}$ brought ...]]
　　 b.　[$_S$ till [$_{NP}$ one greater man] ‖ [$_{VP}$ restore ...]]
　　 c.　[$_S$ how [$_{NP}$ the heav'ns and earth] ‖ [$_{VP}$ rose out of ...]]
　　 d.　[$_S$ if [$_{NP}$ Sion hill] ‖ [$_{VP}$ delight thee more]]

(18) では行末が従属節の主語名詞句で終わっている。主語名詞句自体は統語単位であるが，当該行の行末が {接続詞／関係詞}・主語名詞句という連鎖で終わっていることが重要である。(18b) を例にすれば，行末の till one greater man という連鎖は統語単位を構成しない。

(16c) に該当するのは，7 行目と 15 行目の行末である。関連する部分を同じ方法で (19) に示す。

(19) a.　... didst inspire || that shepherd, who ...

　　　b.　... pursues || things unattempted ...

(19a) では，inspire が他動詞で that shepherd 以下がその目的語である。(19b) も同様で，pursues が他動詞で things 以下がその目的語である。他動詞とその目的語は [$_{VP}$ V NP] のごとき動詞句の構造をしている。動詞は統語単位の右端の要素でないから，7 行目と 15 行目の行末は統語単位の右端には対応していない。

(16d) に該当するのが，10 行目と 14 行目の行末である。関連する部分を同じ方法で (20) に示す。

(20) a.　... that flowed || fast by the oracle ...

　　　b.　... intends to soar || above th'Aonina mount ...

これらの例の場合は，動詞が自動詞であるが，次行の行頭から始まる副詞要素も動詞の補部ではないが動詞句内にあると考えられる。すなわち，10 行目と 14 行目の行末は統語単位の右端に対応していない。

(16e) に該当するのは，12 行目のみであり，関連部分を同じ方法で (21) に示す。

(21)　... I thence || invoke thy aid to ...

　この例の場合も，thence は統語単位の右端には対応しておらず，12 行目の行末は統語単位の中間で終わっている．行末の I thence が統語単位を構成することはない．

　以上，*Paradise Lost* の冒頭の 16 行で観察される「句またがり」を記述したが，重要なことは，「句またがり」についての無韻詩と脚韻詩の違いである．脚韻詩においては，「句またがり」の出現頻度は，無韻詩と比べ低い．前節で引用した Shakespeare のソネット 60 においては，(16) で挙げた 5 種類の「句またがり」の型のうち，(16d) と (16e) の 2 種類だけで，しかも様相が少し違っている．該当箇所を (22) と (23) に挙げる．

(22)　... my verse shall stand || praising thy worth, ...
　　　　　　　　　　　　　　(Shakespeare, *Sonnet* 60, 13-14)
(23)　Nativity, once in the main of light, || crawls ...
　　　　　　　　　　　　　　(Shakespeare, *Sonnet* 60, 5-6)

(22) では，行末が動詞で次行が関連する副詞表現で始まっているが，この場合の副詞表現は付帯状況を示す句で，stand との関係性が遠いと判断される．(24) は，主語名詞句に続く副詞で行が終わっている例である．しかし，副詞表現自体が挿入句であり，(21) の thence とは性質が違う．

　無韻詩に関しては，無韻詩の形式で多くの劇が書かれていることも述べておかなくてはならない．とくに，Shakespeare の劇の多くが無韻詩の形式で書かれていることは有名な事実である．Shakespeare の劇のうち無韻詩で書かれた作品の一部を，(24)

に略したタイトルで挙げる。

(24) *The Two Gentlemen of Verona*
The Taming of the Shrew
Henry VI, Part 1, Part 2 and Part 3
Titus Andronicus
Richard III
The Comedy of Errors
A Midsummer Night's Dream
Romeo and Juliet
Richard II
King John
The Merchant of Venice
Julius Caesar
Hamlet
Measure for Measure
Othello
Timon of Athens
King Lear
Macbeth
Antony and Cleopatra
Pericles
The Winter's Tale
Cymbeline
The Tempest

無韻詩の詩形研究のテーマは，音韻的な側面では (i) 詩の実際

の韻律の鋳型からの逸脱と (ii)「句またがり」と言語構造との関連の有無，の二つに絞られる。最初のテーマについては，弱強五歩格の脚韻詩における詩の鋳型と実際の韻律の不一致と一緒に研究されており，2.1 節で挙げたような多数の研究がある。第二のテーマの「句またがり」の規則性については，言語構造との関連について先行研究がほとんどない。「句またがり」が生じた場合は，行の右端が統語構造の右端に対応しないという事実があるため，言語構造との対応があるとすれば，意味構造か音韻構造のいずれかになるが，対応関係の有無についての言及さえほとんどない。

2.4. 讃美歌（hymn）の韻律と押韻

　近代英語期以降の詩形の第三の例として，讃美歌を取り上げる。讃美歌は，キリスト教の教会において歌う歌のことであるが，その歌詞は，他の歌の場合と同様に，詩の形式で書かれている。1908 年に出版された *The Oxford Hymn Book* をみると，讃美歌の形式は，弱強格が基本である点では多様性は認められないが，他の点では多様性があることがわかる。1 行の音節数は一定しておらず，6 音節から 10 音節までの幅がある。また，スタンザの構成にも幅があり，3 行連，4 行連，6 行連，それにスタンザ構成のないものもある。また，押韻形式は脚韻で，4 行連のなかの奇数行同士と偶数行同士が脚韻のペアとなる，abab の型が多いが，他の型もある。

　このように讃美歌の形式に多様性があることは確かだが，すべてが同じ資格で存在しているわけではない。1 行の音節数に幅が

あるといっても，6音節の行と8音節の行の割合が多い。また，スタンザの構成は，4行連の割合が多い。そのため，この節では，6音節もしくは8音節の詩行からなる4行連の構造について概観する。

　6音節もしくは8音節の讃美歌の詩行の韻律の鋳型は，(25)にあるように弱強格である。

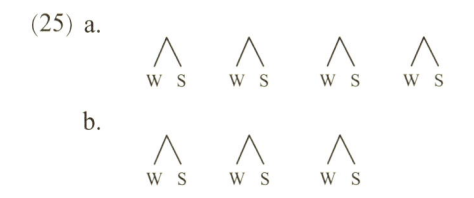

(25) a.
　　　　　∧　　∧　　∧　　∧
　　　　　w s　w s　w s　w s
　　b.
　　　　　∧　　∧　　∧
　　　　　w s　w s　w s

興味深いことに，上記2種類の詩行の4行連における組み合わせは，次の三つの型に限定されると言われれている（数字は1行の音節数を示す）。

(26) a.　8686
　　 b.　8888
　　 c.　6686

すなわち，讃美歌の4行連は，概略，次の制約に従っていることになる。

(27) a.　4行連は，二つの2行連から構成される。
　　 b.　2行連の奇数行は偶数行より長いか，偶数行と同じ長さでなければならない。
　　 c.　2番目の2行連は最初の2行連と同じ型かもしくは長い型でなければならない。

d. 4行連のうち，66から始まるものは，2番目の2行連
　　　は86でなければならない。

次のような4行連は，論理的には可能な組み合わせだが，(27)
の制約により排除される。

(28) a. *6868, *6886, *6888, 等
　　 b. *8666, *8668, *8866, *8868, 等
　　 c. *6666, *6688, 等

讃美歌の例として，*The Oxford Hymn Book* のなかから，11 を
挙げる。

(29)　hymn 11 (Charles Wesley (1707-1788))
　　　All práise to him who dwélls in blíss,
　　　　Who máde both dáy and níght;
　　　Whose thróne is dárkness, in the abýss
　　　　Of ùncreáted líght!

　　　Each thóught and déed his píercing éyes
　　　　With stríctest séarch survéy;
　　　The déepest shades no móre disgúise
　　　　Than the fùll bláze of dáy.

　　　Whom thou dost gúard, O Kíng of kíngs,
　　　　No évil shall molést;
　　　Únder the shádow of thy wíngs
　　　　Shall they secúrely rést.

Thy ángels shall aróund their béds
  Their cónstant státions kéep;
Thy fáith and trúth shall shíeld their héads,
  For thou dost néver sléep.

May we, with cálm and swéet repóse,
  And héavenly thóughts refréshed,
Our éyelids with the mórn unclóse,
  And bléss the Éver-bléssed!

（幸福な状態で生き，
昼と夜を作りだした人へのすべての賞讃
その人の王座は暗く
未だ創造されていない光の穴の中にある。

すべて考えや行いをその人の射るような目が
もっとも厳しい方法で詳細に調べあげ
いちばん暗い影でさえも日中の完全な炎
と変わりなくなる。

王の中の王よ，あなたは守るものたちには
邪悪なものは誰一人近づけないだろう。
あなたの翼の影のもとで
あなたが守る者たちは安全に休むだろう。

あなたの天使たちはあなたの守る者たちの床の回りで
それらのものの変わらぬ居場所を守る，
あなたの信仰と真実はかれらの頭を隠す，
というのも，あなたは決して眠らないから。

　　　　我々は，静かで甘美な休息をともない，

　　　　天の考えを新しくし

　　　　我々の瞼を朝とともに開け

　　　　永遠に祝福を受ける者を祝福する。)

　　　　　　　　　　　　　　(*The Oxford Hymn Book*, pp. 11-12)

　(29) の例は，(26a) の 8686 の 4 行連の形式で書かれている。韻律は弱強が基本で，内容語の主強勢の位置がすべて韻律の鋳型の S 位置と一致しており，この点では韻律の鋳型からの逸脱はない。鋳型からの韻律の逸脱は 2 種類認められる。一つは，機能語の分布である。通常無強勢で W 位置に配置されることが予測される単音節機能語が，S 位置に配置されている場合がある。具体的には，him (1), in (3), the (8), thou (9, 16), shall (10, 13), they (12), we (17), with (19) がこれにあたる (括弧内は行数)。また，SW の強勢型の 2 音節機能語が行頭の脚の位置にある場合があり，11 行目の行頭の under がこれにあたる。

　3 行目と 18 行目の音節数が鋳型から逸脱しているようにみえる。いずれも，表面は鋳型の音節数より 1 音節多い。3 行目は 9 音節あるが，この行末部分の the abyss という連鎖において弱母音が二つ (定冠詞と abyss の第 1 音節) 連続するため，二つの母音のうちの一つが韻律に関与しないと解釈できるので，鋳型のとおり 8 音節となる。同様に，18 行目は 7 音節あるが，heavenly の第 2 音節の e に鼻音 /n/ が後続しており，第二音節の母音が韻律に関与しないと解釈可能で，鋳型のとおり 6 音節となる。

　押韻については，abab の脚韻の型で 1 行おきに脚韻語が配置されている。脚韻部分を 4 行連ごとに，太字して示すと，次のよ

(30) a. b**liss**:a**byss**　　　n**ight**:l**ight**
　　 b. **eyes**:dis**guise**　　sur**vey**:**day**
　　 c. k**ings**:w**ings**　　　mol**est**:r**est**
　　 d. b**eds**:h**eads**　　　k**eep**:sl**eep**
　　 e. rep**ose**:uncl**ose**　　refr**eshed**:...-bl**essed**

引用した hymn 11 においては，ほぼ完全脚韻のみが利用されていることになる。唯一の例外は 5 番目の 4 行連の偶数行の脚韻で，[...eʃt] と [...est] が押韻していると解釈される。母音は同じで，語末の子音連結も摩擦音＋閉鎖音だが，[ʃ] と [s] は音声的に違う子音であり，「不完全脚韻」とみなすべきである。

讃美歌の詩形は，立場の違いを超えて，詩形研究者の注目を集めてきた。その理由は，讃美歌そのものへの興味よりも，讃美歌の詩形を利用して詩作がなされていることへの興味があるからである。讃美歌の詩形を用いて詩作をした詩人としては，19 世紀半ばから後半にかけてのアメリカの詩人である Emily Dickinson (1830-1886) が有名である。Dickinson の場合は，讃美歌の詩形をそのまま用いるのではなく，讃美歌の詩形をアレンジして独自の詩形を作り上げていることに特徴がある。

讃美歌の詩形を用いた詩作のもう一つの有名な例としては，作者不詳のアメリカ東部の民謡 (folk song) がある。この場合には，Dickinson の場合とは違って，讃美歌の形式をそのまま利用して民謡の歌詞が作られていることが特徴である。

理論的な視点からは，讃美歌の 4 行連の種類が (27) の 3 種類に限定されることが注目されている。特に，過去 15 年間，可能

な4行連と不可能な4行連を峻別する制約に関する議論が活発である。具体的には，Hayes and MacEachern (1998)，Kiparsky (2006)，Hayes (2009a, 2009b) などにより，讃美歌の4行連の背後にある諸制約とその作用の仕方が明らかになってきている。

2.5. その他の形式1： sprung rhythm

近代英語期以降の詩形には，ほかにもさまざまな詩形があるが，本章ではそのうちの二つを取り上げる。最初の例は，Gerald Manley Hopkins (1844-1899) の sprung rhythm である。sprung rhythm は，Hopkins が創作した新しい韻律形式で，WS を基本で1行の音節数が固定されている詩形とは違う特徴をもつ。

sprung rhythm については，Hopkins 自身の詳しい解説があり，それに基づくと，韻律構造には次の特徴がある。

(31) a. 脚は1音節から4音節の幅があり，音節数が一定していない。
 b. 脚は強音節から始まる。すなわち，S, SW, SWW, SWWW の4種類の脚がある。
 c. 休止が存在する。
 d. 脚には含まれず，そのため行の韻律構造には関与しない弱音節がある。1音節から3音節の幅があり，outride と呼ぶ。

(Bridges and Gardner (1948: 5-10))

Hopkins 自身が記述しているこれらの sprung rhythm の特徴を，sprung rhythm の代表作である *THE WINDHOVER* を例にして観察する。この詩は，Hopkins 自身が，後日，自分が書いた sprung rhythm の作品のなかで最高の出来栄えだと評しているものである (Gardner (1953: 227)))。

(32)   THE WINDHOVER

I caught this morning morning's minion, king-	1
dom of daylight's dauphin, dapple-dáwn-drawn Falcon, in his riding	2
Of the rólling level únderneáth him steady aír, and stríding	3
High there, how he rung rpon the rein of a wimpling wing	4
In his ecstasy! then off, off forth on swing,	5
As a skate's heel sweeps smooth on a bow-bend: the hurl and gliding	6
Rebuffed the big wind. My heart in hiding	7
Stirred for a bird, — the achieve of, the mastery of the thing!	8
Brute beauty and valour and act, oh, air, pride, plume, here	9
Buckle, AND the fire that breaks from thee then, a billion	10
Times told lovelier, more dangerous, O my chevalier!	11
No wónder of it: sheér plód makes plough down sillion	12
Shine, and blue-bleak embers, ah my dear	13
Fall, gall themselves, and gash gold-vermilion.	14

(Kiparsky (1989: 309) からの引用)

（私は今朝，朝の寵児，真昼の王国の世嗣が，――

    斑色の夜明けの雲から飛び出した鷹が，

    悠然と天翔けるのを見た。

    穏やかな大気を翼下におさめて水平に翔け，

かと思うと,
大空高く, 震える翼を操りながら, 恍惚として
舞い上がってゆく姿を見たのだ! ついで忽ち輪を描き始めた,
　スケートの踵がゆるやかに曲線を描くように。
　悠々と飛びながら, 烈風を
はねつけていた。隠れてみていた私の心は, 鳥の姿に
感動した, これこそ造化の完璧さ, 造化の精華を示すもの!

恐るべき美と力と動きと, 否, 大空と栄光と翼とが, この
　一点に集まる! しかして, 主よ, 汝より発する火は,
何億倍も愛すべく, かつ危なし! おお, わが騎士よ!

まさに然り。農夫, 鋤を畠に打ち込むにつれ, その鋤輝く。
　愛する主よ, わがこの蒼白き灰燼, 消え去ることなく
再び勢いをえ, 今, 汝とともに, 真紅の血を流さんとす!)

　　　　　　　　　(平井正穂編『イギリス名詩選』, 岩波文庫)

　この詩は, 14行から構成されており, 行数を見る限りソネットとみなされる。実際, Hacker (2002: 304-305) は, この詩を"Italian sonnet in sprung rhythm"としている。このソネットの形式は, 2.1節で紹介したShakespeareのソネットが書かれた形式であるEnglish sonnetとは違っている。まず, 音節数が行ごとに違っている。1行目から4行目までをみると, 11音節, 16音節, 16音節, 14音節で, 音節数が不定である。次に脚韻詩であることは間違いないが, 脚韻の型もEnglish sonnetとは違い, abbaabbacdcdcdである。また, English sonnetは4行連×3+2行連という構造であるのに対し, (32)では, 8行+3行+3行と

いうまとまりになっている。

また，テクストに補助記号があるが，これは Hopkins 本人がつけたものだが，韻律構造に関連する記号である。母音字の下の下線は強音部を示し，母音字の下の ‿ は韻律に関与しない弱音部 (outride) を示している。´ は強音部のなかでも相対的に卓立が高い音節である。補助記号を手掛かりにすると，1 行の音節数は不定であるが，1 行にある強音部は，四つである 8 行目を除き五つで，14 行中 13 行は五つの脚から構成されていることがわかる。ただし，それぞれの脚の音節数は明示されていない。また，韻律に関与しない弱音部の場所は明示されているけれども，生起する場所の規則性は明示されてはいない。

以上の記述を前提に，*THE WINDHOVER* の韻律構造を，冒頭の 4 行を例にして示すと (33) のようになる。丸括弧は脚を示し，丸括弧にかこまれていないものは韻律に関与しない弱音部を示す。

(33) W (S　　　W) (S W)　(S W)　　(SWW) (S)

I caught this morning morning's minion, king-

　　W　W　(S W)　　(S)　W　　S　W (S)　　W　　(S) W

dom of dayligt's dauphin, dapple-dawn-drawn Falcon,

W　W (S W)

in his riding

W　　W (S) W　　S W (S　W) (S) W　W　　S　W (S W)

Of the rolling level underneath him steady air, and

　　(S W)

striding

```
         (S)   W    W    W (S)   W W    W (S   W)   (S    W)
```
High there, how he rung upon the rein of wimpling
```
 (S)
```
wing

　(33) の冒頭の 4 行では，1 行の実際の音節数は不定であるが，韻律に関与する強音部（母音の下に下線がある部分）は，例外なく 5 箇所であることがわかる。そして，その強音部を始点として，(31b) に示されている，S, SW, SWW, SWWW のいずれかの脚が構成される。また，行頭の弱音節は，脚が S で始まるため，かならず韻律に関与しない音節となる。さらに，完全な弱音節ではない音節も韻律に関与しない場合がある。2 行目の dapple と drawn，3 行目の steady と level などである。

　このように，Hopkins の sprung rhythm は，脚韻詩に分類可能だが，近代英語期の詩形のなかでも他の詩形とは全く違うものであることがわかる。しかし，(i) 脚が S で始まり複数の型が許容される点，(ii) 行の実際の音節数が不定である点，そして (iii) 韻律に関与する音節と関与しない音節がある点を考慮すると，英詩の歴史のなかで孤立している形式であると断言はできない。この三つの特徴は，古英語頭韻詩の形式と表面的に類似しているものだからである。

　さらに興味深いことに，sprung rhythm の強音部は，完全ではないが，同じ子音で始まる箇所が多く，脚韻詩の形式をとりながら，頭韻語が行中に含まれているという解釈が可能である。偶然か必然か議論する必要はあるが，同じ子音が繰り返される傾向があることは確かである。1 行目から 4 行目を例にして示すと次の

ようになる。

(34) a. [k]: caught, king-
  [m]: morning, morning's, minion
 b. [d]: daylight's, dauphin, dawn
  [r]: riding
 c. [r]: rolling
  V (母音): underneath, air
  [s]: striding
 d. [r]: run, rein
  [w]: wimpling, wing

 Hopkins の sprung rhythm は，その形式の特異性ゆえ，多くの研究者の注目を集めてきた。sprung rhythm の形式に関する主な研究には，Holloway (1947), Ong (1949), Milroy (1977), Kiparsky (1989), Hollahan (1995), Wimsatt (1998, 2006), Fabb and Halle (2008), Hayes and Moore-Cantwell (2011) などがある。

 さらに，Hopkins の sprung rhythm の詩形研究に関しては，特筆すべきことが二つある。まず，Hopkins が自分の詩集の序文として書いた sprung rhythm の解説がある。また，Hopkins が友人にあてた多数の手紙に，sprung rhythm の形式に関する詳細な分析的言及 (音韻論的・音声学的言及) が多くある。Hopkins 自身の分析を鵜呑みにするわけにはゆかない部分があるにせよ，詩の作者自身の分析が形式研究の重要な手がかりとなることに異論はない (cf. Hayes and Moore-Cantwell (2011: 237))。

 このような状況のもとで，sprung rhythm の形式研究について

の論点は，次の4点にまとめられる。すなわち，(i) 強音部と弱音部の分布の原則の解明，(ii) 脚の種類の特定，(iii) 詩行の韻律の鋳型の特定，それと，(iv) 脚韻と頭韻の背後にある原則の解明，である。生成音韻論の視点からの研究である，Kiparsky (1989), Fabb and Halle (2008), Hayes and Moore-Cantwell (2011) は，(i)-(iii) の論点に焦点を当てた研究で，それぞれの根拠にもとづき sprung rhythm の韻律型が提案されている。特に Hayes and Moore-Cantwell (2011) は，sprung rhythm の韻律について，音韻理論の視点からのはじめての体系的研究といってよい。他の研究は，Hopkins の詩の文体全般にわたる研究であり，上記の論点すべてに関連した議論が展開されている。その中でも Wimsatt (2006) は，それまでの研究と Hopkins 自身の手紙にもとづき，韻律と脚の種類の特定，頭韻と分布とその役割など詩形全般について自説を展開している興味深い研究である。特に，頭韻の分布と役割についての詳細な議論（Wimsatt (2006: 73-123)）がおもしろい。

2.6. その他の形式 2： 自由詩

本章では，最後に，自由詩（free verse）の形式について概観しておきたい。自由詩とは，20世紀以降，主にアメリカ合衆国の多くの詩人たちが用いた伝統的な詩形とは違う形式の詩を指す。この場合の free とは，詩が無原則に作詩されているということではない。Boisseau (2002: 73) が述べているように，自由詩は律格や脚韻が（伝統的な詩形のように）「規則的ではない」が，他の詩形と同じように詩作に課される種々の制約にもとづき構成されて

いる (Though it uses meter and rhyme nonsystematically ..., free verse is still organized, like all poems, around technical constraints.)。つまり，自由詩は，伝統的な詩形と違うという特徴はあるが，詩形に関しては自由詩なりの決まりごとがある，ということになる。

実際には，詩人ごとに自由詩の形式が違っているので，詩人ごとの表面的な違いを除いてから浮かび上がる一般性は何かが論点となる。自由詩の大まかな特徴を，Boisseau (2002: 73-80) の記述も参考にしながらまとめると，次のようになる。

(35) a. 1行の長さが不定。一つの詩の中でも長い行もあれば短い行もある。
   b. 1行はリズムのまとまりではなく，「詩的意味」のまとまりである。
   c. 「句またがり」が多用される。

この特徴の具体例として，Boisseau (2002: 74-75) が提示している Elizabeth Bishop (1911-1979) の "Song for the Rainy Season" ((36)) と James Wright (1927-1980) の "A Blessing" ((37)) の形式を見てみる。

(36)　the brook sings loud
　　　from a rib cage
　　　of giant fern
　　　(その小川はいつも大声で歌っている
　　　格子のついたかごの中から
　　　巨大なシダの)

(37) Suddenly I realize
That if I stepped out of my body I would break
Into blossom
（突然私は気付く
自分の体から抜け出でたならばらばらに
なって花びらに変わるであろうことを）

(36) では，引用した3行は，すべて4音節で一定しているが，すべての行が「句またがり」の例となる。とくに2行目から3行目にかけては，統語構造と行境界の関係が，(38) ($\|$ は行境界) のようになっていて，統語構造と行構造のずれがある。

(38) [$_{PP}$ from [$_{NP}$ a rib cage $\|$ [$_{PP}$ of giant fern]]]

(37) では，引用した3行の長さが，6音節，11音節，4音節とまちまちであることに加え，1行目と2行目の行末が節末には対応しておらず「句またがり」の例となる。

　上記のような詩形のほかにも，見かけが伝統的な詩形に似ているように見えるものもある。例として，William Carlos Williams (1883–1963) の "Spring and All" の冒頭の8行を (39) に挙げる。

(39) By the road to the contagious hospital
under the surge of the blue
mottled clouds driven from the
northeast—a cold wind. Beyond, the
waste of broad, muddy fields

brown with dried weeds, standing and fallen

patches of standing water
the scattering of tall trees
(伝染病院へと通じる道のあたり，
北東から押し寄せる，青い
まだらな雲の下には
冷たい風が吹いている。向こうには，広い
ぬかるみの荒れ地，枯れた雑草であたりは茶色，なかには
立っているのや倒れてしまった草もある

あちらこちらに溜まっている水
まばらに立っている高い木)

(原成吉訳編『ウィリアムズ詩集』，海外詩文庫 15，思潮社)

(39) は，(36) や (37) に比べると伝統的な定型詩に似ているようにみえる。引用した部分は，6行連と2行連に分かれており，この点では際立つ特徴はない。しかし，細かく見てゆくと，1行の長さ不定である。また，(36)，(37) と同様に「句またがり」が多用され，2行目は名詞を修飾する形容詞の直後で行が終わり，3行目と4行目は冠詞で行が終わっている。(39) も本質的には (36) や (37) と同じ特徴をもっており，伝統的な詩形とは一線を画していることがわかる。

以上，自由詩の形式を概観したが，形式上際立っているのは，韻律や押韻という側面ではなく，行の構成そのものであることがわかる。特に，「句またがり」の多用という面が際立っている。それゆえ，詩形に関する研究テーマは，おのずと，「句またがり」の

背後にある原則の究明ということになる。

　自由詩における「句またがり」も含めた詩行構成については，文学研究の分野で自由詩の行構成と「詩的意味」との関連について，個別の詩人，個別の詩について研究が多数発表されている。しかし，自由詩の詩行構成と言語構造との接点についての言語学の視点からの研究ほとんどない。自由詩の形式に関するまとまった研究には Hartman (1980) がある。また，自由詩の行構成と言語構造との関連に言及している研究には，William Carlos Williams の triadic verse の行構成と音調句 (intonational phrase) の対応に言及している Berry (1988) や Gerber (2007) などがあるが，少数にとどまっている。

2.7.　まとめ

　本章では，近代英語期以降の詩形について，弱強五歩格を中心に，無韻詩，sprung rhythm および自由詩の形式の特徴と言語学的視点からの詩形研究における論点を概観した。詩形研究の論点をいま一度まとめ直すと，次のようになる。

(40) a.　詩の鋳型の韻律と実際の韻律の不一致にみられる規則性と言語構造と関連
　　b.　「不完全脚韻」の型の実態と規則性
　　c.　詩行構成の方法のうち，「句またがり」と言語構造の関係

　次章以降では，(40) の論点ごとに事例研究を提示することにする。第 3 章では詩の鋳型の韻律と実際の韻律の不一致と言語

構造の関連について Emily Dickinson などの詩を例にして論じ，第 4 章では「不完全脚韻」の問題について複数の詩人の押韻について議論する。最後に，第 5 章において「句またがり」と言語構造の対応関係の有無について Emily Dickinson の詩における「句またがり」を出発点として論じ，無韻詩や自由詩の「句またがり」について見解を示す。

第 3 章

英詩のリズムと統語論，音韻論

第 2 章において，近代英詩以降の英詩では，詩行の韻律が行の韻律の鋳型から逸脱することがあることを示し，詩行の実際の韻律と詩行の抽象的鋳型との対応関係（ずれ方）を明らかにすることが詩形研究のテーマの一つであることに触れた。それを受けて，本章では，実際の韻律が鋳型から逸脱する際の規則性と統語構造との関連について，今まで発掘された事実をもとに詳述する。具体的には，逸脱型のうち，詩行の適格性（well-formedness）に関与すると考えられている内容語（名詞，形容詞，動詞，副詞）の強勢音節が鋳型の W 位置に配置される場合について考察する。

まず，3.1 節では，英詩の律格が厳密か否かという分類と鋳型からの逸脱の関連について触れる。次に，3.2 節では，詩行の実際の韻律の鋳型からの逸脱と統語構造との関連について，これまでの研究成果をもとに事実を紹介する。3.3 節以降では，二つの節の内容を基礎として事例研究を提示する。Emily Dickinson (3.3 節)，Robert Frost (3.4 節)，T. S. Eliot (3.5 節)，アメリカの民謡（3.6 節）の韻律がその対象となる。

3.1. 律格の厳密さ

近代英詩以降の律格の分類方法の一つとして，「厳密な律格」(strict meter) と「厳密ではない律格」(loose meter) という分類方法がある。Fabb and Halle (2008: 44) によれば，「厳密な律格」の詩では 1 行の音節数だけではなく，行中の語強勢の配置も厳密に制御され，それぞれの詩形で指定されている脚が具現する

韻律型である。英詩のなかで特別の位置を占めるとされる弱強五歩格（第2章を参照）の場合であれば，多音節語の強勢音節が正確に詩行の偶数番目のS位置に配置され，1行中に弱強の脚が五つ具現される。

それに対して，「厳密ではない律格」の詩では，行中の語強勢の配置に対する制約が緩やかで，行中に複数の種類の脚が具現することが許容されているようにみえる（Fabb and Halle (2008: 67)）。「厳密ではない律格」の弱強五歩格の場合には，行中に弱強格の脚ほかに，強弱格や弱弱強格が具現され，強勢を担う母音が鋳型のW位置に配置されることがある。

Fabb and Halle (2008) の記述を言い換えると，「厳密な律格」の詩は強勢を担う音節の母音の配置に関して詩の鋳型からの逸脱がないかまれにしか生じない詩形で，「厳密ではない律格」の詩は強勢を担う音節の母音の配置に関して鋳型からの逸脱が許容されている詩形であるといえる。それぞれの詩形の具体例を次の(1), (2) に示す。

(1) a.　And **ghástly** through the **drízzling** rain
　　　　W　　S　　W　　S　　W　S　W　　S

　　　（そして霧雨により死んだようになり）

　　　　　　　　(Tennyson, *In Memorium* VII; Fabb and Halle (2008: 45))

　　b.　Man doth **usúrp** all space
　　　　W　　S　　W S　W　　S

　　　（人間はすべての空間を強奪するものだ）

　　　　　　　　　　　　(Sutton, *Man*; Fabb (2002: 22))

(2) a. 'Tis the **míddle** of the níght by the cástle clóck,
　　　W 　S 　W 　SW 　　S W 　　　S 　W S W 　S

　　　（城の時計が真夜中を知らせる）

　　　　　　　(Coleridge, *Christabel* 1; Fabb and Halle (2008: 68))

b. From her **kénnel** benéath the róck
　　W 　S 　W 　S 　W S 　　　W S

　　（岩のすぐ下にある犬小屋から）

　　　　　　　(Coleridge, *Christabel* 8; Fabb and Halle (2008: 68))

(1) は「厳密な律格」の例で，それぞれ弱強四歩格と弱強三歩格だが，いずれの場合も，詩行の多音節語（太字で表記）の強勢音節は鋳型のS位置に配置されており，逸脱はない。「厳密な律格」の場合には，行頭（(3)）や統語境界（(4)）など特定の場所でのみ多音節語の強勢音節がW位置に配置されることが許容されている。

(3) 　The Chrístmas bélls from híll to híll
　　　W 　　S 　　W 　S 　　W 　　S W S

Ánswer each óther in the míst.
W 　　S 　W 　S W S 　　W 　S

　（クリスマスの鐘の音が丘から丘へ

　濃い霧の中を互いにこだまする）

　　　　　　　(Tennyson, *In Memoriam*; Fabb and Halle (2008: 46))

(4) 　Her áudit, though deláyed, **ánswered** must bé
　　　W S W 　　　S 　　W S 　　W 　　S 　　W 　S

　　（彼女の決算報告書は，遅れたとしても，提出されなければならない）　　　　　　(Shakespeare, *Sonnet* 126.13)

(2) が「厳密ではない律格」の例で，いずれの場合も，行中で多音節語の強勢音節が統語境界のない場所でW位置に配置されとおり，行中の多音節語の分布に「一定の自由」がある。それに加えて，弱強格で作られている詩にもかかわらず，たとえば (2a) では SWWWS（... middle of the níght ...）というが連鎖が具現し，弱強格ではないように見える。「厳密ではない律格」の場合にも，多音節語の強勢音節が (3) や (4) のように配置されることが許容されるが，それに加えて，(2) で提示されている配置が許容されることが特徴である。

　第2章でもすでに述べたとおり，近代英詩以降の実際の詩行の韻律を考えると，強勢音節を鋳型のS位置だけに配置している (1) のような詩行もあるにはあるが，「厳密な律格」で書かれていると考えられる詩においても強勢音節が鋳型のW位置に配置されている詩行が多く観察されることも事実である。次節以降では，強勢を担う音節が鋳型のW位置に配置される場合の規則性について考察する。

3.2. 近代英詩の韻律の鋳型からの逸脱概観

　英詩の詩行の実際の韻律の鋳型からの逸脱は，無原則に生じるのではなく，統語構造と関係があり，そしてその関係が詩人ごとに違っていることまで今までの研究で明らかになっている（先行研究のリストは第2章を参照）。

　詩行の韻律の鋳型からの逸脱には，(i) 内容語の主強勢が鋳型のW位置に配置されている場合と (ii) 通常無強勢で発音される前置詞や助動詞などの機能語がS位置に配置されている場合が

ある。このうち，(i) が詩行の適格性に関与していると考えられ，(ii) は詩行の適格性には関係ないと考えられている。(i) には規則性が見いだせるが，(ii) には規則性が見いだせないからである。本章でもこの見解に従い，(i) の規則性，統語構造との関連，詩人ごとの違いの3点について，今までの研究で明らかになった知見をもとにして，初期近代英語期の代表的な詩人のひとりであるShakespeareの詩を出発点として概観する。

3.2.1. Shakespeare

Shakespeareの詩において，内容語の主強勢が鋳型のW位置に配置されている場合は合計7種類あり，単音節語に関連する環境が5種類，2音節語に関連する環境が2種類である。まず，単音節内容語が句末でW位置に対応し，...S][W...⇔[$_{XP}$ ...σ[$_{WORD}$ σ$_S$]] という対応が成立している例があり，具体例が (5)–(8) である。(鋳型の韻律⇔実際の韻律，という対応を示す。S = strong, W = weak, σ = 音節, XP = 句をそれぞれ示す。[ ] は，鋳型の韻律では脚境界を，実際の韻律では統語境界を，それぞれ示す。)

(5) 主語名詞句の右端

And as [$_{NP}$ the bright **sún**] glorifies the sky,
  W S   W S   W   S W S   W S

（そして明るい太陽が空に栄光を与える時）

(*Venus and Adonis* 485)

(6) 目的語名詞句の右端

Resembling [$_{NP}$ strong **yóuth**] in his middle age.
   W S W   S   W   S W S WS

(中年になっても屈強な若者の面影をもって)

(Sonnet 7.6)

(7) 前置詞の目的語名詞句

But blessed bankrupt, that [PP by **lóss**] so thriveth
 W   S   W   S   W   SW   S   WS

(しかし喪失により繁栄する祝福された破産者が)

(Venus and Adonis 466)

(8) 形容詞

And [VP see thy blood [AP **wárm**]] when thou feelst it cold
 W   S   W   S   W   S   W   S   WS

(そして自分の血が冷たいと感じるとき自分の血が温かいことを知ることだ)

(Sonnet 2.14)

以上の型のうち，まず (5) と (6) は，当該名詞が名詞句の右端にあり，句中でもっとも強く発音される語である場合である。また，[NP Det A N] のような構造で，左隣の語が当該名詞句内にある形容詞で相対的に弱く発音される。つまり，...S][W...⇔ [NP ...ÀN] という対応があり，強勢がずれているだけでなく，詩の鋳型の脚境界と統語構成素境界の間にもずれが生じている複雑な型である。同じことが，(7) の前置詞の目的語にも当てはまる。...S][W...⇔[PP P [NP Ń]] という対応が成立している。

(8) の形容詞の場合は，(5)-(7) とは違うが類似している。(8) の形容詞は目的語の一次的な状態を示す二次述語で，(9) にある類例が示すように，文中で主強勢を担う。

(9) a. He ate the MEAT RAW.
   b. He found the CAT DEAD on the STREET.

つまり，(8) の warm は，動詞 see がある文内にあるが，左隣の thy blood とは直接構成素を成さず，独立して句強勢が配置される。...S][W...⇔...[$_{NP}$ ...Ń] [$_{AP}$ Á]] という対応関係があり，形容詞の部分では脚境界と統語境界の間にずれがある。

単音節内容語が W 位置に配置されるもう一つの型は，動詞句の場合で，(5)-(8) とは対照的に句頭にある動詞が W 位置に配置され，[WS]⇔[$_{VP}$ σ$_S$ [$_{YP}$ σ$_W$...]] という対応が成立している (10) のような場合である。

(10) 動詞
   a. If yet your gentle souls [$_{VP}$ **fly** in the air],
      W S W S W S   W S   W S

      (そしてまだあなたの優しい魂が宙を飛ぶなら)

      (*Richard* III, 4.4.11)

   b. Thou dost [$_{VP}$ **love her**], because thou knowst I love her
      W   S   W   S   W S   W   S   W S

      (きみは彼女を本当に愛している，というのもきみは私の彼女へ愛を知っているから) (*Sonnet* 42.6)

(9a) では σ$_W$ 位置に前置詞があり，(9b) では σ$_W$ 位置に代名詞がある。いずれの場合にも，実際の SW という韻律型が鋳型の脚位置に配置されている。つまり，第 2 章ですでに触れた，韻律的倒置 (metrical inversion) が生じているとみなすことができる例である。

次に，多音節語の強勢音節が鋳型の W 位置に配置されている場合のうち，2 音節語の強勢音節に焦点をあてて考察する。Shakespeare の場合には，すべての詩人が利用している行頭と主たる統語境界の左端以外では，(11)-(14) の 4 種類の韻律的倒置が観察される。すべての場合に [WS]⇔[WORD $\sigma_S\sigma_W$] という対応関係があり，脚の境界と語境界の間にずれがない。

(11) 2 音節名詞

　　Then thou alone [NP [N **kíngdoms**] of hearts] shouldst owe.
　　W　　S　WS　　　　　　W　　S　W　S　　W　　S

　　（そしてきみはひとり心の王国を支配すべきだ）

(*Sonnet* 70.14)

(12) 2 音節形容詞，副詞

　　a. When lofty trees I see [AP [A **bárren**] of leaves]
　　　 W　　S W　S　W S　　　　　W　　S　W　　S

　　　（大木の葉がなくなっているのを見るとき）

(*Sonnet* 12.5)

　　b. Give my love fame [Adv **fáster**] than time wastes life,
　　　 W　　S W　　S　　　　W S　　　W　S　　W　　S

　　　（愛する者に名声を与えよ，時が人生を浪費するより早く）

(*Sonnet* 100.13)

(13) 2 音節動詞

　　His eye, which scornfully [VP [V **blísters**] like fire]
　　W　S　　W　　S　W S　　　　　W　S　W　　S

　　（彼の目は，相手をもともせず，炎のように燃え）

(*Venus and Adonis* 275)

(14) 2音節複合語

The dove sleeps fast that [$_{NP}$ this **níght-owl**] will catch.
 W S   W   S   W   S W   S   W S

(その鳩は早く眠りにつきこの梟が追いつくだろう)

(*The Rape of Lucrece* 360)

(11)-(14)には脚（WS）の位置に強弱の強勢型の語が配置されている共通点のほかに，韻律的倒置を起こしている語が句の左端にある共通点がある。順に見ると，(11)は名詞句頭の名詞，(12a)は形容詞句頭の形容詞，(12b)は副詞節の左端にある副詞，(13)は動詞句の左端にある動詞，となる。(14)は複合語の場合で，[WS]⇔[$_{WORD}$ $\sigma_S\sigma_W$]という対応があるのは確かだが，それが句頭ではなく句末で生じている。このことは，詩行にみられる[WS]⇔[$_{WORD}$ $\sigma_S\sigma_W$]という対応関係について複合語の配置のみ区別されていることを物語っている。Shakespeareは2音節語の配置に関して複合語か否かという語の形態的区別を利用していたことになる。

Shakespeareの詩における2音節語の分布に関するもう一つの特徴は，弱強の韻律型の2音節語が鋳型の ...S][W... の位置に配置される(15)のような例がほとんどないことである。

(15) *... [$_N$ desígn] ...
     　　 [W S][W   S]

詩行の鋳型と韻律の ...S][W...⇔$\sigma_W\sigma_S$ という対応自体は，(5)-(8)の例からも明らかなように，禁止されているわけではない。ただ，(5)-(8)の場合には，(15)と違い，σ_S が句内でもっと

も強く発音される単音節語であるという違いがある。詩行の弱強の韻律が design などの「語」に相当する場合には鋳型の...S][W... の位置に配置されることが禁止されて，詩行の $σ_S$ が句レベルの韻律に対応する場合には $σ_Wσ_S$ という連鎖が鋳型の...S][W... に配置されることが許容されることになる。つまり，...S][W...⇔ $σ_Wσ_S$ という対応については，語レベルでの制限が厳しく句レベルにあると制限が緩くなることになる。「語」と「句」の区別により実際の韻律と鋳型とのずれの可否が決定されることは，詩の韻律の可否が統語構造に対応して決定されることがあることを物語っている。

この節で概観した Shakespeare の詩の韻律の特徴をまとめると，次のようになる。(i) 鋳型の脚 ([WS]) の位置に $σ_Sσ_W$ が対応するのは，行頭以外の場所では $σ_Sσ_W$ の連鎖が句頭にある場合に許容される。(ii) ...S][W...⇔ $σ_Wσ_S$ という対応関係は，$σ_S$ が語レベルの強勢の場合には不可となり，句レベルの強勢の場合に許容される。

詩行の実際の韻律の鋳型からの逸脱は，一人の詩人の詩では首尾一貫した型を示す。実際の韻律の鋳型からの逸脱の首尾一貫性は詩人ごとに違っており，その違いが詩人ごとの韻律の個性となる。

3.2.2. Milton

次に，初期近代英語期の Shakespeare 以外の詩人の韻律の特徴を Shakespeare と比較しながら概観する。まず，Shakespeare と双璧とみなされる John Milton (1608-1674)（以下，Milton）の韻律の鋳型からの逸脱を考える。Shakespeare と比較すると，許容

される逸脱の型には顕著な違いが二つみられる。まず，(5)-(8) に挙げた例が Milton では許容されない。すなわち，句末にあり句内でもっとも強く発音される単音節語が鋳型の ...S][W... の W 位置に配置されることがないことになる。しかし，Hayes (1983: 374) によれば，*Paradise Lost* と *Paradise Regained* において類例が例外的に 70 例はあるとされている。しかし，出現位置が自由である Shakespeare の例とは違い，文末では生じないという制限がある。

Milton の韻律の Shakespeare の韻律とのもう一つの違いは，韻律的倒置が句頭ではなく句の中間の位置で生じることである。具体例を (16) に挙げる。

(16) a.　Created thee, in [$_{NP}$ the **ímage** of God].
　　　　 W S W　　S W　　　　SW S　W　　S
　　　　（汝を創った，神の姿に似せて）

　　　　　　　　　　　　　　　　　　　　　　　(*Paradise Lost* VII, 527)

　　 b.　In [$_{NP}$ the **vísions** of God]. It was a hill
　　　　 W　　　　S W S　 W　 S　 W　S W S
　　　　（神の視点で。それは丘だった）

　　　　　　　　　　　　　　　　　　　　　　　(*Paradise Lost* XI, 377)

(16) の例は，[WS]⇔[$_{WORD}$ σ$_S$σ$_W$] という対応関係が成立している点では Shakespeare の韻律的倒置と同じだが，当該の [$_{WORD}$ σ$_S$σ$_W$] は句頭ではなく句の中間位置にある。この種の逸脱型は Shakespeare の詩においては観察されない。さらに，(16) から明らかなように，句中で韻律的倒置が生じる場合には，当該の 2 音節語の左隣は無強勢機能語である。当該の語の左隣に内

容語がある場合には，韻律的倒置は許容されないと言われている (Hayes (1983: 380), Youmans (1989: 370))。

ただし，Milton の詩においても，(15) にある ...S][W...⇔ [WORD σwσS] という対応は許容されない。この点は，Shakespeare と共通している。

以上のことから，Milton の韻律の特徴は，Shakespeare の韻律の特徴と相容れないものであることがわかる。まず，Milton は，鋳型の脚境界と統語境界にずれが生じる ...S][W...⇔ σwσS という逸脱型に関する制限が厳しい。原則，語レベルでも句レベルでも ...S][W...⇔ σwσS という対応を一切許容しない。それに対して，Shakespeare は，制限が緩やかで，(17) に再度示すように，脚境界と句境界がずれる逸脱型を，句レベルで当該語が句強勢を担う場合に許容する。

(17) ... [NP the bríght sún] ...　　　　(=(5))
　　　　[W　S]　[W　S]...

次に，Milton は，脚位置 ([WS]) に強弱の強勢型の 2 音節語が対応する韻律的倒置に関する制限が，Shakespeare より緩やかである。[WS]⇔[WORD σSσw] という対応関係を，行頭以外では句中で機能語が先行する場合に許容する。それに対して，Shakespeare は，行頭以外の場所での韻律的倒置については Milton より厳格で，句頭以外の場所では許容しない。

3.2.3. Donne

次に，初期近代英語期の詩人として John Donne (1572-1631) (以下，Donne) の韻律を Shakespeare の韻律と比較する。まず，

Donne の詩では，Shakespeare と同様に ...S][W...⇔[$_{XP}$...σ$_W$σ$_S$] という対応が許容される。しかも，Shakespeare よりも制限が緩やかで，σ$_W$ が機能語であってもよい。具体例を (18) に示す。

(18) a.　As [$_{NP}$ a **sláve**], which tomorrow would be free;
　　　　　 W　 S W　 　S   W S W　　　S 　 W S

(奴隷として，あすは自由になる)

(*Elegie* I, 12)

　　b.　Moist, with one drop of [$_{NP}$ thy **blóod**], my dry soule
　　　　 W   S W　 S　 W S　 　W　 S W　 S W S

(あなたの血の一滴で，私の乾いた魂を潤してほしい)

(*La Corona* V, 14)

　　c.　They were to [$_{NP}$ good **énds**], and they were so still
　　　　　W　 S W　 　S   W S　 S　 W　 S 　W S

(彼らは良い結果に向かった。そしてかなり静かで)

(*First Anniversay*, 103)

当該語に先行するのが機能語の場合は (18a, b) で，内容語が先行する場合は (18c) である。

　次に，2音節語の韻律の鋳型からの逸脱に目を向ける。[WS]⇔ [$_{WORD}$ σ$_S$σ$_W$] という対応を仔細に観察すると，この場合も Shakespeare よりも制限が緩やかである。Milton の詩に見られる句中での韻律的倒置の例が多数見つかる。具体例を (19) と (20) に示す。いずれの例でも，韻律的倒置は句頭ではない場所でも生じている点は Milton と同じだが，韻律的倒置を起こす語に機能語 ((19)) が先行しても内容語 ((20)) が先行してもよい。つまり，[WS]⇔[$_{WORD}$ σ$_S$σ$_W$] という対応に関する制限が

Shakespeare だけではなく，Milton よりもずっと緩やかである。

(19) a. Nor had time mellowed him to this **rípenesse**
　　　　W　S　W　　　S　W　　　S　W　S　　　S

　　　(時も彼を成熟にむかわせることはなかった)

(La Corona IV, 10)

b. But is **cáptiv'd**, and proves weake or untrue.
　　W S　W S　　W　　　S　　　W　S W　S

　　(しかし捕らわれている。そして弱いか真実ではないことに
　　なる)

(Holy Sonnet XIV, 8)

c. Such as swells the **bládder** of our court? I
　　W　　S　　W　　S　　W　S W　S　　W　　S

　　(膨らみのような我々の宮廷のほら吹き。私)

(Satyre IV, 168)

(20) a. A thing, which would have pos'd **Ádam** to name;
　　　　W　S　　W　　　S　　　W　　S　　W S　　W S

　　　(あるもの，それはアダムに名前を提示かもしれない)

(Satyre IV, 20)

b. Or, as we paint **Ángels** with wings, because
　　W S　W S　W S　W　　　S　　　　W S

　　(また，我々が翼のある天使を描くように，というのも)

(To Mr. Tilman, 19)

c. The painters bad god made a good **dévill**,
　　W　S W　　　S　W　　S　W　　S　　W S

　　(その画家の悪い神はよい悪魔になった)　(<i>To Mr. T.W.</i>, 26)

Donne の詩の韻律には，Shakespeare とも Milton とも違う特徴がもう一つある。Donne の詩では，二人の詩人により許容されない (15) の ...S][W...⇔[$_{\text{WORD}}$ $\sigma_W\sigma_S$] という対応が許容されている。具体例を (21) に示す。

(21) a. All strange wonders that **beféll** thee,
   W S W S W S W S
  （あなたにふりかかったすべての不思議なこと）

(Song, 15)

 b. Shall **behóld** God, and never tast deaths woe.
   W S W S W S W S W S
  （神を見るだろう，そして死の苦悩を味わうことはない）

(*Holy Sonnet* VII, 8)

 c. Weake **enóugh**, now into our world to come
   W S W   S W S W S W S
  （十分に弱くなった，今や我々の世界に来るために）

(*La Corona* III, 4)

Donne の韻律をまとめると，(i) ...S][W...⇔ $\sigma_W\sigma_S$ という対応を語レベルでも句レベルでも許容し，(ii) [WS]...⇔ [$_{\text{WORD}}$ $\sigma_S\sigma_w$] という対応を句頭以外の場所でも許容しかつ先行する語に制約がない，という特徴がある。それゆえ，Shakespeare や Milton と異質な韻律であるばかりでなく，鋳型からのリズムの逸脱という技法をかなり自由に駆使した詩人であることになる。

3.2.4. Pope

詩行の韻律の鋳型からの逸脱の例の最後として，Alexander Pope (1688-1744)（以下，Pope）について触れる。Pope の韻律の特徴は，今まで見た詩人の詩に見られる鋳型からの逸脱がないことである。その点，Pope の詩は鋳型に忠実に作られているといってよい。Pope の詩において，行頭と主たる統語境界の直後での倒置以外で許容される唯一の逸脱は，SW の強勢型の複合語が鋳型の WS の位置に配置されるものである。当該の語に先行する語が内容語でも機能語でもよい。具体例を (22) に示す。

(22) a. Nor is Paul's church more safe than Paul's **Chúrch yàrd**
　　　 W S　 W　　S　　W　 S　　W　 S　　W　　　S

(ポールの教会もポールの教会の庭より安全であることはない)

(Essay on Criticism 3.623)

　　 b. Charmed the **smáll pòx**, or chased old age away
　　　　 W　　　S　 W　　S　 W　 S　 W　S W S

(天然痘を魅惑し，もしくは老年を追い払い)

(Rape of the Lock 5.2)

　　 c. Friendly at Hackney, faithless at **Whíte hàll**
　　　 W　 SW　 S　 W　 S　 W S　 W　 S

(ハックニーでは友好的でホワイトホールでは不誠実で)

(Moral Essay 1.76)

3.2.5. まとめ

この節では，先行研究の成果のまとめとして，Shakespeare を

出発点として，合計4名の詩人の韻律を比較し，詩人ごとの韻律の個性が鋳型からの逸脱により作り出されていることを概観した。同時に，詩の鋳型からの逸脱は，詩行構造ではなく，詩のテクストの統語構造と密接に関係していることも概観した。句の左端，右端，中間位置などの統語上の位置や語と句の区別が，逸脱の生起と関連していることが明らかになった。

なお，韻律を紹介した4人の詩人のうち，鋳型にいちばん忠実なのは Pope で，いちばん忠実でないのが Donne である。Shakespeare と Milton は，Pope と Donne の中間に位置するといえるが，相互に相容れない方法を駆使している。

以上の記述を土台にして，次節以降は，後期近代英語期から現代英語に至る詩の韻律の事例研究を提示する。

3.3. 事例研究1： Emily Dickinson

最初の事例研究として，Emily Dickinson (1830–1886)（以下，Dickinson）の韻律を考える。第2章でも述べたとおり，Dickinson の詩は，讃美歌の律格 (hymn meter) をアレンジして作られていると考えられている (Porter (1966), Lindberg-Seyersted (1968), Finch (1993), 等)。すなわち，WS のリズムを基本として 8686, 8888, 6686 のいずれかの型の4行連をアレンジして作詩されていると考えられている。

讃美歌の律格のアレンジは，詩形の二つの側面に顕在化している。いちばん目立つのは1行の長さである。1行の音節数が讃美歌の鋳型より少ない7音節や5音節である場合がある。7音節や5音節の行は，行末の S 位置の音節が空になっており，その位置

を埋めるべき音節が欠落していると考えられる。

次に，初期近代英語期の詩人と同じように，鋳型と実際の韻律の不一致が多数観察される。ただし，Shakespeare や Milton などとは違い，鋳型からの逸脱に関する次の三つの可能性すべてが具現される。すなわち，(i) ...S][W...⇔[$_{XP}$...σ_W [$_{WORD}$ σ_S]]，(ii) [WS]⇔[$_{WORD}$ σ_S σ_W]，(iii) ...S][W...⇔ [$_{WORD}$ σ_W σ_S] の三種類の逸脱型がすべて具現される。

韻律型の詳細を論じる前に，Dickinson の詩のなかから 112 をサンプルとして，讃美歌の律格からの逸脱をみてみよう。

(23) Success is counted sweetest　　　　　　　　7音節
　　 By those who ne'er succeed.　　　　　　　　6音節
　　 To comprehend a nectar　　　　　　　　　　7音節
　　 Requires sorest need.　　　　　　　　　　　5音節

　　 Not one of all the purple Host　　　　　　　8音節
　　 Who took the flag today　　　　　　　　　　6音節
　　 Can tell the definition　　　　　　　　　　7音節
　　 So clear of Victory　　　　　　　　　　　　6音節

　　 As he defeated — dying —　　　　　　　　　7音節
　　 On whose forbidden ear　　　　　　　　　　6音節
　　 The distant strains of triumph　　　　　　　7音節
　　 Burst agonized and clear!　　　　　　　　　6音節

　　 (成功とはもっとも甘美なものである
　　 一度も成功したことのないものにとっては。
　　 蜜を飲むためには

最大の苦痛を味わう必要がある。

今日旗手を務めたことがある
紫の服を着た男のうちの誰一人として
勝利の定義をきわめて明確には
述べることはできない。

彼が敗れた時——死の淵にいながら——
彼の聞こえなくなりつつある耳には
遠くからの勝利の声が
はっきりと絶え間なく聞こえる。)

　まず，この詩は，三つの4行連から構成されているが，4行連の構成は讃美歌の鋳型とは違っている。1行の音節数が奇数である行が多く含まれており，奇数音節の行はすべて鋳型から1音節足りない。ただ，三つの4行連とも8686の型をアレンジしたものであることは容易に想像できる。

　次に，詩行の韻律であるが，この詩の場合には，ほとんどが弱強の鋳型に合わせてあり，強音節が鋳型のW位置に出現するのは3語のみである。それは，最初の4行連の4行目のsorestとneed，それと最終行の行頭のburstである。当該行の鋳型と実際の韻律のずれは，(24)のように表示される。

(24) a.　[_{VP} Reqúires [_{NP} sórest néed]]. φ
　　　　　W S　　　　W S　W　　S

　　 b.　[_{VP} Búrst [_{AP} ágonized and cléar]].
　　　　　W　　　　S W S　　W　　S

(帯状でごつごつした石)

  d. To the failing [NP **Éye**] φ   (838.2)
    W S WS W S

   (よく見えない目に向かって)

(27) a. Wont somebody bring [NP the **líght**] φ   (222.2)
    W S WS W   S W S

   (だれも光を運んでは来ない)

  b. To prevent [NP a **fíend**] φ   (231.4)
    W S W   S W   S

   (おそろしい怪物を避けるために)

  c. Absence disembodies — so does [NP **Déath**] φ
    W S WS WS W S   W S

   (不在には形がない――死も同じだ)   (904.1)

  d. So I [VP **sáid**] — or [VP **thóught**] φ —   (50.2)
    W S W S   W   S

   (だから私は言葉を発した,もしくは考えた)

[WS]⇔[WORD σ_Sσ_W] という対応関係（韻律的倒置）が, 行頭以外の場所で頻繁に生じるのも, Dickinson の韻律の特徴である。行中 ((28), (29)) と行末 ((30)) の両方で生じ, 位置も句末 ((28), (30)) の場合と句頭 ((29)) の場合があり, 一定していない。さらに, 韻律的倒置を起こしている当該語に先行するのは, 内容語でも機能語でもよい。

(28) a. [NP Her Green **Péople**] recollect it —   (457.3)
    W S W S WSW S

   (彼女の緑の民はそれを思い出す)

b. With [NP our **fáces**] veiled ϕ —　　　　　(164.10)
　　　　W　　　　S　　W S　　W　　S

　　（我々の顔に覆いをかけられて）

c. Big [NP my **Sécret**] but it's *bandaged* —　　(267.17)
　　　　W　　　　S　W S　　W S　　W　　S

　　（私の秘密は大きいが，それは包帯を巻かれている）

d. And [NP Old **Súnshine**] — about —　　　　(362.2)
　　　　W　　　S　　W　　　S　　W　　S

　　（そして古い太陽の輝き—… について—）

(29) a. On the Heads that [VP **stárted** with us] —　(651.3)
　　　　　W　　S　W　　　　S　　　　W S　W　S

　　　　（我々とともに出発した頭に）

b. None may [VP **téach it**] — **Ány** —　　　　(320.9)
　　　　W　　　S　　　W　　S　　　W S

　　　（誰一人としてそれを教えられない—何一つ）

c. 'Houses' — so the Wise Men [VP **téll me**] —　(139.1)
　　　　W S　　　W　S　W　　S　　　W　　S

　　　（「家」—そう賢い男たちは私に言う—）

(30) a. This was but [NP a **stóry**] —　　　　　　(50.13)
　　　　　W　　S　W　　　S　W S

　　　　（これは物語の一つに過ぎなかった）

b. I will give him [NP all the **Dáises**]　　　　　(95.7)
　　　W S　W　　S　　W　　S　W S

　　　（私は彼に雛菊すべてをあげるつもりだ）

c. When it goes, 'tis like [NP the **Dístance**]　　(320.15)
　　　W S　W　　S　W　　　　　S　W S

(それ（影）が去ると，遠い距離のようなもの（に感じられるの）だ）

 d. Not at home to [$_{NP}$ **Cállers**]   (1604.1)
   W S W S   W S

  （家にはいない。訪ね人にとっては）

 e. Past the houses — past [$_{NP}$ the **héadlànds**] — (143.3)
   W S W S W   S W S

  （家々を過ぎて──細いあぜ道を過ぎて）

Dickinson は，Donne と同じように，...S][W...⇔[WORD σwσs] という対応を利用していることも顕著な特徴である。「...S][W...⇔[WORD WS]」という対応関係が，行中だけではなく行末でも観察されることが，Donne との違いである。行中の具体例を (31) に，行末の具体例を (32) に，それぞれ示す。

(31) a. Are [$_V$ **prepáred**] to go! ϕ (164.20)
    W S W S W S

   （出発する準備ができている）

  b. Could [$_V$ **behóld**] so far a Creature — (762.27)
    W S W S W S W S

   （それまでは生き物を目にすることができた）

  c. Some [$_N$ **Diséase**] had vext. ϕ (992.2)
    W   S W S W S

   （病気で（彼女が）苦しんでいた）

  d. Lain in Nature — so [$_V$ **suffíce**] us (1309.1)
    W S W S   W   S W S

   （自然のなかに横たわり──我々には十分だ）

(32) a. To her fair [_N_ **repóse**]. ϕ (18.4)
　　　　 W S　W　　　 S W　　S
　　　　（彼女の美しい休息に対して）

　　 b. And the nest [_N_ **forgót**], ϕ (50.4)
　　　　 W 　　S W 　　　S W　S
　　　　（そしてその巣は忘れられた）

　　 c. Can the extasy [_V_ **defíne**] ϕ —   (95.2)
　　　　 W 　 S W S W 　　S W 　　S
　　　　（恍惚を定義できる）

　　 d. And only the Sea — [_V_ **replý**] ϕ —   (685.17)
　　　　 W 　S W S　W 　　　　 S W S
　　　　（そして海だけが―応える―）

以上，Dickinson の韻律の鋳型からの逸脱型を記述したが，Dickinson は，他の詩人が抑制的に，しかも一部しか利用していない逸脱の手段を，すべて利用していることが明らかになった。それにより，初期近代英語期の詩人の双璧である Shakespeare と Milton よりも自由であるばかりか，自由な韻律の Donne よりもさらに自由な韻律を生み出している。

では，Dickinson の韻律は「詩的ではない」のかといえば，そうではない。実際には，Dickinson は，讃美歌の鋳型と実際の韻律の緊張関係によるせめぎ合いのなかで，「詩的な韻律」を実現すること成功していると言ってよい。というのも，詩行の実際の韻律を子細に観察してみると，できる限り WS のリズムが実現するように構成されているからである。

Dickinson の詩でできる限り WS のリズムが実現されている

ことを示すため，それぞれの逸脱型から1例を抜き出して，詩行自体の韻律を表示したのが，次の(33)である。

(33) a. [NP An àged **Bée**] addréssed us —　　(22.7) (25b)
 b. Tò [NP the fàiling **Éye**] ϕ　　(971.2) (26d)
 c. Wìth [NP our **fáces**] véiled ϕ —　　(164.10) (28b)
 d. Òn the Héads that [VP **stárted** with us] —
　　　　　　　　　　　　　　　　　　　　　(651.3) (29a)
 e. When it góes, 'tis lìke the **Dístance**　　(320.15) (30c)
 f. Are **prepáred** to gó ϕ!　　(164.20) (31a)
 g. Tò her fàir **repóse** ϕ.　　(18.4) (32a)

(33)では，完全というわけではないが，行中にできるだけ弱強のリズムが実現されていることは認めざるをえない。(33)の律読 (scansion) は，(i) 内容語は文中で強勢を担う，(ii) 句中では右端の内容語が句強勢を担う，という原則に基づいている。加えて，(34) に示すように，[PP P [NP Det N]] という構造では，弱弱強のリズムの具現を避け，強と弱が交互に具現すべきだという純粋に音韻的な要請から，機能語である前置詞が副次強勢を担うことがあるという事実も前提にしている。

(34) a. Jáne {wăs fòr thĕ/?wăs fŏr thĕ} Dódgĕrs.
　　　（ジェーンはドジャーズ贔屓(ひいき)だ）
 b. Thĕy sáng {ĭt ĭn ă/?ĭt ĭn ă} fúnny wáy.
　　　（彼らは面白おかしい歌い方でその歌を歌った）

　　　　　　　　　　　　　　　　((a), (b): Selkirk (1984: 363))

この事実は，裏を返せば，Dickinson の詩では次の制約が作用

していることを示している。

(35) a. 弱弱強格を避けよ (No Anapest)
b. 強弱弱格をさけよ (No Trochee)

しかも、他の詩人の詩とは違い、どの制約が作用するかは、一つの詩の中で一貫しているわけではなく、行ごとに決定されていると考えられる（岡崎(2005)）。(33) の例であれば、それぞれ次のようになる。(33a) では、鋳型から逸脱を示している Bee の位置に鋳型どおり弱音部がくるように詩行が構成されると、行中に WWS の韻律が実現し、(35a) の違反が生じる。それを避けるため、強勢のある語が配置されている。同じことは、(33c)、(33d)、(33e) についても当てはまり、いずれも当該名詞句内に WWS が出現することを回避するための手段として鋳型からの逸脱が生じている。

(33b) では、行末に鋳型どおりに WS の強勢型の 2 音節語が配置されるなどして、Eye の位置に無強勢音節がくると可能性がある。その場合には、行末に SWWS が出現し、(35b) の違反が生じる。それを避けるため、W 位置に強勢を担う内容語が配置されている。

同じことは、(33f) と (33g) について当てはまる。(33f) では、prepare to の部分に弱強弱のリズムが具現しているが、prepare の箇所に強弱の語が配置されると、強弱弱のリズムが具現され (35b) の違反が生じてしまう。(33g) の場合には、語末に鋳型どおりの強弱の語が配置されると、弱音節と解釈される行末の空音節も含めて強弱弱のリズムが実現することになり、(35b) に違反することになる。それゆえ、鋳型の SW の位置に弱強の強勢

型の語が配置されている。

3.4. 事例研究 2 : Robert Frost

Dickinson の韻律の相対的位置づけをはっきりせるために，詩行の韻律の鋳型からの逸脱の事例研究の 2 番目として，Robert Frost (1874-1963)（以下，Frost）を取り上げる。Frost の詩は「厳密ではない律格」の例であると言われており，韻律に関して先行研究は少ないが Halle and Keyser (2001) がある。結論から言えば，Dickinson の詩における鋳型からの逸脱型と同じ種類のものが多く観察される。

以下，(36)-(38) に ...S][W...⇔ $\sigma_W\sigma_S$ と [WS]⇔ $\sigma_S\sigma_W$ の例を合わせて提示する。逸脱の箇所を太字で示す。Frost の詩では，2 種類の逸脱とも当該の語の左隣の語に課される制約がない。また，句頭と句末の両方で鋳型からの逸脱が生じる。さらに顕著な特徴は，強音節が鋳型の W 位置に配置される逸脱が 1 行中に複数生じるということである。特に最後の特徴は，Shakespeare や Milton の詩ではみられない。

(36) a. I dwell in [$_{NP}$ a [$_A$ **lònely**] **hóuse**] [$_S$ I **knów**]]
　　　　W　S W　　　S　　W S　　W　S　W

　　　（私は知っている一軒家に住んでいる）

(Ghost House, 1)

　　b. For [$_{NP}$ a [$_N$ **shélter**] for [$_{NP}$ the **níght**]]
　　　　W　　S　　W S　W　　　　S　W

　　　（夜に使う隠れ場所のために）

                                          (*Love and a Question*, 6)

   c. Half closes [$_{\text{NP}}$ the **gárden pàth**].
        W   S W   S W S W

      （庭へ続く小経は半ば歩けなくなっている）

                                          (*A Late Walk*, 4)

(37) a. Do you [$_{\text{VP}}$ **knów me**] in [$_{\text{NP}}$ the **glóaming**],
        W   S   W   S W   S W S

      （あなたは私のことを薄暮の中でわかりますか？）

                                        (*Flower-Gathering*, 5)

   b. There we [$_{\text{VP}}$ **bówed us**] in [$_{\text{NP}}$ the **búrning**],
        W   S   W   S W   S W S

      （そこで我々は火の中で頭を垂れた）

                                         (*Rose Pogonias*, 9)

   c. Save those that [$_{\text{NP}}$ the **óak**] is [$_{\text{V}}$ **kéeping**]
        W   S   W   S W S   W S

      （樫の木が保っているものを救う）

                                            (*Reluctance*, 8)

   d. To yield with [$_{\text{NP}}$ a **gráce**] to [$_{\text{N}}$ **réason**]
       W S   W   S   W   S   W S

      （神の恩恵をもって理性に屈する）

                                          (*Reluctance*, 22)

(38) a. As the sun's right [$_{\text{N}}$ **wórship**] [$_{\text{VP}}$ **ís**],
        W   S W   S   W   S   W

      （太陽の正しい崇拝のように）

                                        (*Rose Pogonias*, 10)

b. Of [NP late **yéars**], though he keeps the old [N **hómestèad**]
      W   S   W   S   W S   WS   W   S

   (後年，彼は農場を所有しているけれども)

                                                             (*A Hundred Collars*, 3)

c. Some boy too far from town to learn [N **básebàll**],
      W   S   W S   W   S   W   S   W   S

   (野球を習うには街から遠すぎる場所に住んでいる少年)

                                                                             (*Birches*, 25)

d. And for back wall a crumbling old [N **chímney**]
      W   S   W   S   W   S   W   S   W   S

   (そして背景にある壁のために崩壊しつつある古い煙突)

                                                               (*A Record Stride*, 3)

また，Frost の詩では，Dickinson と同様に，... S][W... ⇔ [WORD σwσs] という対応も観察される。具体例が (39) である。

(39) a. If [N **desígn**] govern in a thing so small.
      W   S W   S   W   S   W   S   W   S

   (もしデザインがきわめて小さいものまで支配しているならば)

                                                                    (*Design*, 14)

b. She [V **withdréw**], shrinking, from beneath his arm
      W   S   W   S   W   S   W S   W S

   (彼女は退いた，震えながら，彼の腕のなかから)

                                                              (*Home Burial*, 31)

c. I [V **suppóse**] she deserves some pity, too.
      W   S   W   S   W S W   S   W   S

(思うに彼女も憐れみの対象になる)

(The Housekeeper, 192)

d. Is [_A **extréme**] where they shrink to none at all.
   W   S   W   S   W   S   W S   W S

   (... は極端だ,それら(魂)が何にもひるむことはない場合には)

(The Census-Taker, 63)

(39) の例は,確かに Dickinson と同様の韻律型であるが,Dickinson との違いもある。...S][W...⇔[_{WORD} σ_Wσ_S] という対応関係が,動詞の直前,付帯状況の分詞の直前,that 節の直前,それと関係詞節の直前という統語的に大きな境界がある位置で生じている (Tarlinskaja (2006: 59))。Dickinson の場合には,...S][W...⇔[_{WORD} σ_Wσ_S] という対応関係が生じる位置にこのような特徴はない。

Frost の詩における,鋳型からの逸脱型は,...S][W...⇔[_{WORD} σ_Wσ_S] という対応の分布を除き,Dickinson と同じであることが明らかになったと思われる。とすると,Frost の詩でも,Dickinson の詩と同様に,WWS と SWW の韻律をできるだけ避けて,詩行中にできる限り弱強の韻律が実現するように作詩されていることになる。また,Dickinson の韻律は,一般に言われているほど特殊なものではないことになる。

3.5. 事例研究3: T. S. Eliot

詩行の韻律の鋳型からの逸脱の第三の例として,T. S. Eliot

(1888-1965)（以下，Eliot）の韻律を取り上げる。Eliotの韻律については，Fabb and Halle (2008) などの先行研究がある。Eliotの詩形はDickisonともFrostとも違うものであるが，弱強の律格で作られた詩に関して言えば，鋳型からの逸脱の型はDickinsonとほぼ同じである。まとめると次のようになる。

(40) a. ...S][W...⇔[$_{XP}$...σ$_W$ [$_{WORD}$ σ$_S$]] という対応が句頭と句末で生じる。[$_{WORD}$ σ$_S$] の左隣の語に課される制約はない。

b. [WS]⇔[$_{WORD}$ σ$_S$σ$_W$] という対応が句頭と句末で生じる。当該語の左隣の語に課される制約はない。

c. ...S][W...⇔[$_{WORD}$ σ$_W$σ$_S$] という対応は出現頻度が少ない。

具体例を，韻律的倒置がどこで生じるかにより分類し，(41)-(43) に示す（△は韻律に関与しない弱音節を示す）。(41) は韻律的倒置が行中で生じている例で，(42) は韻律的倒置が行末で生じている例である。いずれも当該語の左隣は機能語の例である。(43) は韻律的倒置を起こしている語の左隣が内容語の例である。また，Frostの場合と同様に，強音節が鋳型のW位置に配置され，鋳型からの逸脱が1行中に複数回生じているという特徴もある。

(41) a. Like [$_{NP}$ a **pátient**] etherized upon a **táble**
　　　　W　　S W S　　W SW　　S W S W S
　　　（患者のようにテーブルの上で麻酔をかけられ）

(The Love Song of J. Alfred Prufrock)

b. In [NP the **róom**] [NP the **wómen**] come and go
   W   S W   S W △ S W   S

（部屋の中に女性たちが出入りし）

(The Love Song of J. Alfred Prufrock)

c. With [NP a **shówer** of rain]; we stopped in the colonnade
   W   S W S W   S   W S   △   W S W S

（雨に降られ，我々は街路樹のもとで立ち止まった）

(The Waste Land, 9)

d. In [NP the **móuntains**], there you feel free.
 W   S W   S   W   S W   S

（山の中であなたは自由になる）

(The Waste Land, 17)

(42) a. And [NP the **líght**] crept up between [NP the **shútters**],
    W   S W   S W S W   S   W S

（そして光がシャッターの間から入り込んだ）

(Preludes III)

b. They flickered against [NP the **céiling**]. (<i>Preludes</i> III)
   W   S W   S W   S   WS

（それらは天井に向かい揺らめいた）

c. [NP The Hanged **Mán**]. Fear [NP **déath**] by [NP **wáter**]
    W   S   W   S   W   S   W S

（絞首刑になった男。水死を恐れる）

(The Waste Land, 55)

d. Crack and [Adv **sómetimes**] [VP **bréak**], under [NP the
   W   S   W   S   W   S W   S

búrden],
    W   S   (*Four Quartets* V)

（くじけ，時には壊れてしまう，心労が原因で）

(43) a. Thoughts of [NP a dry **bráin**] in [NP a dry **séason**]
           W   S   W   S   W   S   W   S   W S

（乾季における乾いた脳の思考）   (*Gerontion*)

   b. I shall wear [NP white **flánnel tróusers**], and walk
       W   S   W   S   W   S   W S   W   S

upon the beach.
W S   W S

（白いフランネルのズボンを穿き，浜辺を散歩しよう）

                                   (*The Love Song of J. Alfred Prufrock*)

   c A little life with [NP dried **túbers**].
     W S W S   W   S   W S

（乾いた塊茎をもった小さな生き物）

                                          (*The Waste Land*, 7)

   d. When [NP Lil's **húsband**] got [V **demóbbed**], I said —
       W   S   W   S   W   S W   S W

（リルの夫が復員した時，私は言った）

                                       (*The Waste Land*, 139)

以上，Eliot の詩における韻律の鋳型からの逸脱の型が，Dickinson と同じであることが明らかになったと思われる。このことは，Dickinson の韻律がそれほど特殊なものではないことを物語っている。

3.6. 事例研究 4： 民謡の歌詞

　韻律の鋳型から詩行の実際の韻律がずれている場合の事例研究の最後として，アメリカ民謡の歌詞を取り上げる。アメリカ民謡は，第 2 章でも触れたとおり，Dickinson の詩と同様に，讃美歌の律格で作られていることが知られており，その形式については，Hayes and Kaun (1996)，Hayes and MacEachern (1998)，Kiparsky (2006) などの研究がある。アメリカ民謡の歌詞の韻律の鋳型からの逸脱についての研究は，現在のところ Hayes and Kaun (1996) くらいしかない。そのため，Hayes and Kaun (1996) の提示している事実をもとに事実を記述する。

　民謡の歌詞は，讃美歌の律格で作詩されているため，1 行は 8 音節もしくは 6 音節からなるが，単純な WS の繰り返しの鋳型とは違う (44) の鋳型が設定される。

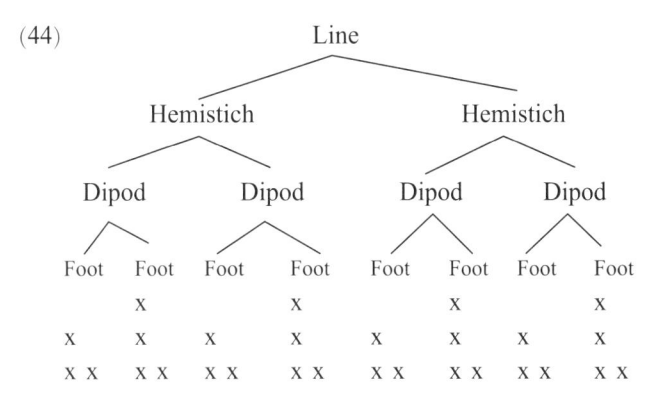

(44)
```
                              Line
                ┌──────────────┴──────────────┐
            Hemistich                     Hemistich
          ┌─────┴─────┐                 ┌─────┴─────┐
        Dipod        Dipod            Dipod        Dipod
        ┌─┴─┐        ┌─┴─┐            ┌─┴─┐        ┌─┴─┐
     Foot  Foot   Foot  Foot        Foot  Foot   Foot  Foot
            x            x                 x            x
       x    x      x    x            x    x      x    x
      x x  x x    x x  x x          x x  x x    x x  x x
```

(Hayes and Kaun (1996: 268))

(44) で表示されていることは，1 行には 16 の位置があり，位置一つは 8 分音符に対応し，基本の韻律は弱強格であるということである。(44) のような鋳型を設定するのは，普通の詩と違い，歌の場合には，音節一つ一つがメロディーのなかで具体的な長さと対応するからである (Hayes and Kaun (1996: 268))。

Hayes and Kaun (1996) によれば，アメリカ民謡の歌詞にも (44) の鋳型からの逸脱がある。まず，...S][W...⇔ σ_W [WORD σ_S] という対応関係が観察される。ただ，頻度は高くはない。(45) と (46) が具体例である。

(45)　　　　　x　　　　x　　　　x　　　　x
　　　x　x　x　　x　　x　x　　x
　　　xx　xx　xx　　xx　xx　xx　xx　　xx

[_NP Her gòld **ríng**] off her finger's gone

（彼女の金の指輪が指からはずれた）

(Sharp, n.d., p. 10, Hayes and Kaun (1996: 273))

(46)　　　　　x　　　　　　x　　　　x　　　　　　x
　　　x　　x　x　　　x　x　x　　　x　　x
　　　xx　　xx　x　　　x　xx　　xx　x　　x　x　x　xx

[_VP come ròle **úp**], my lads,　and you shall have a prize

（おい，こっちへ来い。そうすればほうびをもらえるぞ）

(Karpeles (1974), #413, Hayes and Kaun (1996: 274))

(45) では名詞句の右端の名詞の ring が，(46) では動詞句の右端の副詞の up が，それぞれ W 位置に生じている。

次に，...S][W...⇔[WORD σWσS] という対応関係はない。これは，Shakespeare や Milton と同じである。

この二つの逸脱型の分布からわかることは，アメリカ民謡の場合には，σWσS]D (D = domain; 統語単位一般を指す) という連鎖が鋳型と SW と対応することができる限り避けられるということである。D が句の場合には許容されるが，D が語の場合には制限がよりきつく不可となる。

最後に，[WS]⇔[WORD σSσW] という対応関係が成立する韻律的倒置の場合であるが，アメリカ民謡の歌詞でも許容される。ただし，その分布には通常の詩の場合と違う特徴が二つある。まず第一に，アメリカ民謡のほうが Shakespeare と比較すると韻律的倒置の許容範囲が広い。句頭だけではなく，句末でも許容される。具体例が (47) と (48) である。

(47)   x   x   x   x
        x x x   x x   x   x   x
        xx x x x x xxx   x   xx   xx   xx

Have you a little crabfish you can [VP **séll me**]?

(売ることができる小さなクラブフィッシュありますか)

(Sharp (1916), #77; Hayes and Kaun (1996: 271))

(48)   x   x   x   x
      x x x   x   x   x   x x
      xx xx xx   xx   xx   xx   xx xx

As I walked out [NP one May [N **mórning**]]

(ある5月の朝，外に歩き出した時)

(Sharp (1916), #174; Hayes and Kaun (1996: 271))

(47) は動詞句の句頭で生じているものでありShakespeareでも許容される逸脱型であるが，(48) は名詞句の右端で生じておりShakespeareでは許容されない型である。このように，両方の逸脱型が可能ではあるが，Hayes and Kaun (1996: 271) によると (47) の型のほうが出現頻度が高い。これは，韻律的倒置に関しても，句レベルよりも語レベルのほうが制約がきつい，ということを物語るものである (Hayes and Kaun (1996: 271))。

アメリカ民謡の歌詞にみられる韻律的倒置のもう一つの顕著な特徴は，通常の詩と違い，韻律的倒置が行末で観察される頻度が高く，通常自由に生起できるはずの行頭での生起が禁止される，ということである。行末での韻律的倒置の具体例が (49) と (50) である。

(49)　　　x　　　　x　　　　　x　　　　x

　　　x x　x　　x　　　x　x　x　x

　　　xxxx　xx　　xx　　xx　xx　xx　xx

She soon ran through [NP her gay **clóthing**]

（彼女はすぐに自分のはでな服を着た）

(Sharp, n.d., p. 10; Hayes and Kaun (1996: 282))

(50)　　　x　　　　x　　　　x　　　　x

　　　x x x　　　x　　x　　x　　x x

　　　xxxx x　x　xx　　xx　　xx　　xxxx

But I have been wooed by [NP yòung **Wílliam**]

（しかし私は若いウィリアムによって勇気づけられた）

(Sharp (1916), #15; Hayes and Kaun (1996: 288))

ここで問題となるのが，アメリカ民謡の歌詞ではなぜ行末での韻律的倒置のほうが多いかということである。Hayes and Kaun (1996: 284-291) によれば，その理由は通常の詩と歌の違いに帰着する。具体的には，通常の詩の場合には，厳密な等時性を保つことはなく，鋳型からの逸脱が行単位で判断される。それに対して，歌の場合には，厳密な等時性を保って歌われ，鋳型からの逸脱が行単位ではなく歌全体の流れのなかで判断される。そのため，行末での韻律的倒置は行末というある単位に右端ではなく，歌の談話の流れの中の中間段階で生じていると判断される。

3.7. まとめ

本章では，英詩の韻律の鋳型からの逸脱に見られる規則性と統語構造との関連について，具体例をもとに論じた。近代英詩以降の韻律が単なる W と S の規則的な繰り返しではないことが明らかになった。

第 4 章

英詩の脚韻と音韻論

第3章の韻律の問題に続き，本章では，詩の押韻のなかでも，特に第2章で触れた「不完全脚韻」について，事例研究をもとに詳述することにしたい。

　まず，4.1節において脚韻の原則となる「完全脚韻」について再度触れ，4.2節で「不完全脚韻」の種類について詳述する。その後二つの節の記述を前提として，「不完全脚韻」の事例研究を提示する。扱う詩人は，Emily Dickinson (4.3節)，William Butler Yeats (4.4節)，ロック音楽の作詞家 (4.5節)，Robert Pinsky (4.6節) である。「不完全脚韻」の型の決定に音韻情報がどのようにかかわっているか詳述する。

4.1. 脚韻の原則： 完全脚韻

　脚韻の基本は，第1章と第2章で述べたとおり，脚韻詩の行末の語の強勢音節の母音とその母音以降の子音が一致することである。そして，このように脚韻語同士の分節音が一致している場合を「完全脚韻」と呼ぶことは，すでに第2章で述べたとおりである。「完全脚韻」の例として，Emily Dickinson (1830-1886) (以下，Dickinson) の詩から33を取り上げる。

(1)　完全脚韻の例：Dickinson, 33
　　　Whether my bark went down at sea —
　　　Whether she met with *gales* —　　　[geilz]
　　　Whether to isles enchanted

She bent her docile *sails*—　　　　　　[seilz]

By what mystic mooring
She is held to*day*—　　　　　　　　　[...dei]
This is the errand of the eye
Out opon the *Bay*.　　　　　　　　　　[bei]
（私の叫びが海中に届くかどうかに関係なく
彼女が強風に遭遇するかどうかに関係なく
魔法にかかった島に着くかどうかに関係なく
彼女は素直に自分の航海に従った。

どの船着き場により
彼女は今日係留されているのか
これは湾の外に向かった
目の役目だ。）

　この詩は，Dickinson の詩でよくあるように，讃美歌の形式をアレンジしたもので，二つの4行連（quatrain）から構成されている。最初の4行連が 8676 という形式で 8686 をアレンジしたもので，2番目の4行連が 6585 という形式で 6686 をアレンジしたものとみなせる。脚韻の形式は，4行連の中の偶数行同士が押韻する abcb defe という形式である。(1) に斜字体と発音記号で示してあるとおり，gales:sails のペアの [...eilz] の部分と today: bay のペアの [...ei] の部分が押韻している。いずれの脚韻のペアも，語の主強勢を担う母音以降の分節音の音声が完全に同じである。これが「完全脚韻」の特徴である。

4.2. 不完全脚韻

脚韻に関しては,「完全脚韻」のほかに,脚韻語の分節音が音声的に違っている場合が存在することが知られている。これは,第1章で触れた中英語期の脚韻詩はもとより,第2章で触れた近代英語期以降の脚韻詩の場合も同様である。音声的に違う分節音同士が脚韻のペアになる場合を「不完全脚韻」と呼び,今までに4種類の型があるとされてきたことは,すでに第2章で触れた。

「不完全脚韻」の4種類の型について,再度 (2) に挙げる。

(2) a. consonance: tell [tel]~steel [stiːl]
　　b. assonance: name [neim]~pain [pein]
　　c. light rhyme: kiss [kis]~tenderness [...nis]
　　d. apocopated rhyme: face [feis]~places [pleisiz]

(2a) の consonance は,脚韻語の強勢母音の音価が違っているのに語末の子音の音価が同一の場合である。この種の「不完全脚韻」は,Emily Dickinson により多用されていることがよく知られている。(2b) の assonance は,脚韻語の強勢母音の音価は同じだが語末の子音が違っている場合で,Gerald Manley Hopkins や Dylan Thomas が多用していることが知られている。(2c) の light rhyme は,無強勢母音 (tenerness の -ness) が脚韻に関与している場合である。(2d) の apocopated rhyme は他の型より複雑で,脚韻語の一方の語末の母音と子音が欠けている (face の語末が欠落している) と解釈されるものである。(2c) や (2d) の型は,特にいわゆるロック音楽の歌詞においてよく観察される。

不完全脚韻については,Zwicky (1976) が実例を提示してい

る。まずは，Zwicky (1976: 676) に挙げられているそれぞれの具体例を出典ともに引用する。(3a-d) が (2a-d) にそれぞれ対応する。

(3) a. **off** [ɑf]: en**ough** [ʌf]

(Dylan, *It's Alright Ma (I'm Only Bleedin')*)

b. sl**eepin'** [...iːpin]: dr**eamin'** [...iːmin]

(Dylan, *Mr. Tambourine Man*)

c. scen**ery** [...i]: tapestr**y** [...i]

(Simon, *A Hazy Shade of Winter*)

d. **end** [end]: off**ended** [...endid]

(Harrison, *Run of the Mill*)

このような「不完全脚韻」については，今まで詩人ごとの個別の研究も含め多くの研究があるが，議論が四つの型のうち，(2b-d) の型に集中している。(2a) については，事実の指摘はあるがあまり議論されない傾向がある。そのため，この章では，(2a) の consonance について，詩人ごとの consonance に関する事実を提示し，背後に一般性があるか否か，そして一般性があるならどのような一般性なのか，について考察する。

4.3. 事例研究 1： Emily Dickinson

最初に取り上げる詩人は，Emily Dickinson である。Dickinson の詩は，4.1 節の (1) に示したように讃美歌の律格 (hymn meter) をアレンジした脚韻詩で完全脚韻も多く使用されている。しかし同時に，Dickinson の詩には「不完全脚韻」が多用され，脚

韻型の多様さがその文体の特徴の一つになっている。脚韻型の多様さは研究者の興味を引き，20世紀前半から研究がある。具体例としては，Miles (1925), Allen (1935/1966), Carpenter (1953), Anderson (1966), Porter (1966), Lindberg-Seyersted (1968), Morris (1988), Small (1990), Cushman (1993), 岡崎 (2012, 2013b) などの先行研究があるが，大部分は文学研究の視点からの研究である。例外は，Lindberg-Seyersted (1968) と岡崎 (2012, 2013b) で，言語学的視点からの記述と考察が提示されている。

Dickinson の詩における「不完全脚韻」の型のうち，(2a) の consonance の出現頻度が高いことが有名で，脚韻型は多様で複雑にみえる。しかし，岡崎 (2012, 2013b) の Franklin 版のテクスト (Franklin (1999)) の1から1000の調査結果によれば，3種類に分類される。最初の型は，近代英語期以降の接辞付加により生じる母音交替の型に対応する場合で，具体例が (4) である (出典の (238.1) は238の第一スタンザを示す)。

(4) [iː]:[e] (k*ee*p~k*e*pt)
How many times these low feet staggered —
Only the soldered mouth can *tell* —　　　　[tel]
Try — can you stir the awful rivet —
Try — can you lift the hasps of *steel*!　　　[stiːl]
(この衰えた足が何回よろめいたか
はんだ付けされた口にしかわからない。
試してみるがよい――荘厳な鋲が動かせるかどうか。
試してみるがよい――金属の掛け金が持ち上げられるかどうか。)

(238.1)

この例では，2行目と4行目の行末が脚韻していると解釈できるが，母音が [iː] と [e] で，脚韻語の間には接辞付加による派生関係はないものの，母音は接辞付加による生じる交替母音に対応している。

接辞付加により生じる母音交替に対応する型には (5)-(12) のような例があり，(12) を除き，出現頻度が高い。

(5) [iː]~[e] (ser*e*ne~ser*e*nity)：(44 例)
    tell [tel]~steel [stiːl]　(238.1)

(6) [ei]~[æ] (n*a*tion~n*a*tional)：(23 例)
    date [deit]~that [ðæt]　(354.3)

(7) [ei]~[e] (ret*ai*n~ret*e*ntion)：(30 例)
    paid [peid]~said [sed]　(396.1)

(8) [ai]~[i] (div*i*ne~div*i*nity)：(40 例)
    Kidd [kid]~testified [...faid]　(561.1)

(9) [au]~[ʌ] (pron*ou*nce~pron*u*nciation)　(12 例)
    one [wʌn]~ town [taun]　(166.1)

(10) [uː]~[ʌ] (ass*u*me~ass*u*mption)：(24 例)
     done [dʌn]~Noon [nuːn]　(302.3)

(11) [ou]~[ɑ] (t*o*ne~t*o*nic)：(14 例)
     odd [ɑd]~road [roud]　(439.3)

(12) [iə]/[ɛə]~[æ]：(1 例)
     (cl*ea*r~cl*a*rity; comp*a*re~comp*a*rison)
     hear [hiər]~back [bæk]　(753.2)

Dickinson の詩における consonance の二番目の型は，近代英語期以降のアプラウト（ablaut）により生じる母音交替に対応するもので，具体例が (13) である。

(13) [ai]:[ei] (l*i*e~l*a*y)
Some — Work for Immortality —
The Chiefer part, for *Time* —　　　[taim]
He — Compensates — immediately —
The former — Checks — on *Fame* —　　[feim]
（ある，不死 — 時にとってより中心的な部分 —
を求める動き
彼はすぐに埋め合わせをした，
以前，名声を求める動きをしたことの）
(536.1)

この例でも，脚韻語間相互の派生関係はないが，脚韻語の母音の [ai] と [ei] がアプラウトにより生じる交替母音に対応している。

アプラウトの交替母音と対応する脚韻型は，型ごとの出現頻度の差が大きい。出現頻度の高いものは，(14)-(18) の型である。他のアプラウトの交替母音に対応する型は，出現頻度が低い。

(14) [i]~[ei] (g*i*ve~g*a*ve) (60 例)：
Him [him]~name [neim]　(280.1)

(15) [iː]~[ei] (*ea*t~*a*te) (25 例)：
weed [wiːd]~laid [leid]　(146.1)

(16) [ei]~[ou] (br*ea*k~br*o*ke) (20 例)：
again [...gein]~houm [houm]　(511.2)

(17) a. [ai]~[ei] (
Time [tai

b. [ai]~[ou]
home [ho

c. [ai]~[au]
skies [ska

(18) [uː]~[ou] (
sown [soun]

Dickinson の詩に
やアプラウトにより
とえば (19) のよう

(19) [ei]:[iː]
Before I got
I liked as w
As other cre
And know
（私が自分の
私は見ること
目があり他の
他の生き物が

この例でも 2 行目と
ので，see と way が
よってもアプラウト

この型の脚韻
し，すべての型
現頻度に差が
ち，Franklin (1
度が高い型は次

(20) [i]~[e]
tell [te

(21) [iː]~[ai
These

(22) [e]~[æ
Hat [ha

(23) [ɑ]~[ʌ
Love [

(24) [ou]~[
Sun [s

(25) [iə]~[ɛ
near [

他の型は，多く
以上，Dicki
きることを示し
の型に音韻論的
うことである。
母音に対応する
型は，交替形自
ると考えられる

の音価が違うが可能な基底表示が同一であり、抽象的レベルの「完全脚韻」であると解釈できる。

交替母音に対応しない第三の型は、可能な基底表示が共通ではないので、可能な基底表示によって関係づけることはできない。しかし、第三の型には別の規則性が見いだせる。(26) に示されているように、第三の型では脚韻する音価の違う二つの母音が一つの母音を介在して関連づけられているという特徴がある。四角の枠（□）で囲まれている母音が介在母音である。介在母音は、脚韻母音が交替することが可能な母音である。

(26) a.　[i]~[e]: i~ei~e
　　 b.　[iː]~[ai]: iː~ei~ai
　　 c.　[e]~[æ]: e~ei~æ
　　 d.　[ɑ]~[ʌ]: ɑ~uː~ʌ
　　 e.　[ou]~[ʌ]: ou~uː~ʌ
　　 f.　[iə]~[ɛə]: iə~æ~ɛə

(26a) の [i]~[e] の場合であれば、[ei] という二重母音が二つの母音を関連づけている。近代英語期以降、[i]~[ei] (g*i*ve~g*a*ve) および [e]~[ei] (ret*ai*n~ret*e*ntion) という交替形が存在しており、[ei] は [i], [e] の両方と交替可能である。

他の五つの場合も同様で、脚韻する二つの母音には共通の交替母音がある。関連する交替形と具体例を記すと (27) のようになる。

(27) a.　iː~ei~ai: *ea*t~*a*te, l*ie*~l*ay*
　　 b.　e~ei~æ: ret*ai*n~ret*e*ntion, n*a*tion~n*a*tional

c. ɑ~uː~ʌ: sh*oo*t~sh*o*t, ass*u*me~ass*u*mption
d. ou~uː~ʌ: bl*ow*~bl*ew*, ass*u*me~ass*u*mption
e. iə~æ~ɛə: cl*ear*~cl*ari*ty, comp*are*~comp*ari*son

　交替母音に対応しない 6 種類の脚韻型には，ほかに二つの共通性が見いだせる。一つは，脚韻のペアのそれぞれの母音の可能な基底形の [back] の値が一致していることである。(20)-(22) と (25) は [−back] であり，(23) と (24) は [+back] である。もう一つの共通する特徴は，[iː]~[ai] という型を除き，関連する二つの交替形のうち少なくとも一つは接辞付加による交替形であることである。[iː]~[ai] の場合には，二つともアプラウトによる交替形となっている。

　以上のことをもとにすると，Dickinson の詩で観察される交替母音に対応していない脚韻型には，次の三つの制約が課されていることになる。

(28)　介在母音は最大で一つでなければならない。
(29)　脚韻母音の可能な基底形の [back] の値が一致していなければならない。
(30)　関与する交替形の少なくとも一つは接辞付加により生じる交替形でなければならない。

(20)-(25) の脚韻型は，(21) の [iː]~[ai] を除き，すべての (28)-(30) の制約に従っている。[iː]~[ai] は (30) には違反しているが，他の制約には従っている。

　(28)-(30) の制約は，Dickinson の詩における多様な consonance の型について，制約に従っていない型は出現頻度が低いと

いう予測をする。事実は予測どおりで，制約に違反している脚韻型の出現頻度は低い。具体例の一部を次の (31)-(32) に示すが，いずれの型も，出現頻度が多くて 10 例前後である。

(31) 介在母音が二つ以上の場合（一部）
　　a.　[i]~[ʌ]: i~ai~au~ʌ
　　b.　[iː]~[au]: iː~ou~ai~au
　　c.　[au]~[æ]: au~ai~ei~æ
　　d.　[ou]~[u]: ou~ai~ei~u
　　e.　[ou]~[ɔː]: ou~e~iː~ɔː

(32) 可能な基底形の [back] の値に対立がある場合（一部）
　　a.　[i]~[u]　　　[i]~[uː]　　　[i]~[ɑ]/[ɔ]　　　[i]~[ɔː]
　　　　[i]~[ɔi]　　　[i]~[ou]　　　[iː]~[u]　　　[iː]~[uː]
　　　　[iː]~[ɑ]/[ɔ]　[iː]~[ou]
　　b.　[e]~[uː]　　　[e]~[ɔi]　　　[ei]~[u]　　　[ei]~[uː]
　　　　[ei]~[ɑ]/[ɔ]　[ei]~[ɔi]
　　　　([ei]</ − back, − round, − high, + low, + long/)
　　c.　[ai]~[uː]　　　[ai]~[ɑ]/[ɔ]　[ai]~[ɔː]　　　[ai]~[ɔi]
　　　　[æ]~[ou]
　　　　([ai]</ − back, − round, + high, − low, + long/)
　　d.　[uː]~[i]　　　[ɔː]~[e]　　　[ou]~[e]

(33) 関与する交替形がアプラウトだけの場合（一部）
　　a.　[ei]~[au]: ai が介在：ei~ai ai~au
　　b.　[au]~[ou]: ai が介在：au~ai ai~ou
　　c.　[u]~[uː]: ei が介在：u~ei ei~uː

このように，Dickinson の詩にみられる consonance の型について重要な点は，「不完全脚韻」は不完全なものではなく，音韻体系に基礎をおき一定の規則性をもったものであるということである。Dickinson は，自分が習得した音韻知識を最大限に利用して脚韻の型を決めていると考えられる。特に交替母音に対応しないconsonance の型にみられる出現頻度の差は，どの母音とどの母音が近い関係にあるか決定する際に，詩人の音韻知識が最大限利用されている具体例としての意味合いがある。

4.4. 事例研究 2： William Butler Yeats

「不完全脚韻」のうちの consonance についての 2 番目の事例研究として，William Butler Yeats (1865–1939)（以下，Yeats）の consonance の型について考える。Yeats の詩にも，「不完全脚韻」が多く観察されることが知られている。

Yeats の脚韻の具体例として，*Byzantium* の最初の二つのスタンザ ((34)) の脚韻をみることにする。(34) では脚韻に関与している部分を太字にしてある。

(34)　　The unpurged images of day rec**ede**;
　　　　The Emperor's drunken soldiery are ab**ed**;
　　　　Night resonance recedes, night-walkers' s**ong**
　　　　After great cathedral g**ong**;
　　　　A starlit or a moonlit dome disd**ains**
　　　　All that man **is**,
　　　　All mere complexit**ies**,

The fury and the mire of human v**eins**.

Before me floats an image, man or sh**ade**,
Shade more than man, more image than a sh**ade**;
For Hades' bobbin bound in mummy-cl**oth**
May unwind the winding p**ath**;
A mouth that has no moisture and no br**eath**
Breathless mouths my s**ummon**;
I hail the superh**uman**;
I call it death-in-life and life-in-d**eath**.

（まだ浄められていない昼間のモノたちの姿が遠のいてゆく
皇帝の兵士たちも酒に酔い，眠りについた。
夜の陰にこもった響きも，夜の街をうろつく女たちの歌声も，
寺院の大きな鐘が鳴り響いたあと，しんと静まった。
星明りに，いや月明かりに浮かび上がったドームが，嘯くように，
およそすべての人間的なものを，
すべての錯綜した人の世のはかないしがらみを，
人間の血が齎す憤恚と泥棒を，今見下ろしている。

私の眼の前を，一つの姿が，人間ような，亡霊のような，
人間というより亡霊，亡霊というよりただ姿あるものが，
揺れ動く。木乃伊の布に包まれた冥府の糸巻きが，
今その布を解きほぐしているように見える。
乾からびてもはや息絶えたそのものの口が，
慄然として息をのんでいる者たちを召喚しているのかもしれぬ。
私はこの超人間的な存在に，歓呼の声をおくる。

私はこの存在を，生の中の死，死の中の生，と呼ぶ。）

(平井正穂編『イギリス名詞選』，岩波文庫)

　この詩は，8行連を基本単位として，脚韻の鋳型は aabbcddc であると解釈される。太字で示した部分から明らかなように，引用した16行においては，「完全脚韻」と「不完全脚韻」が混在している。「不完全脚韻」のみを抽出すると，順に recede~abed (1, 1-2)，cloth~path (2, 3-4)，summon~human (2, 6-7) という三つの例が見つかる。「不完全脚韻」は，すべて consonance の例である。このように，Yeats の詩の脚韻型には，「完全脚韻」と「不完全脚韻」の併用による多様性がある。それゆえ，押韻の方法が研究者の注目を集めてきた。包括的な研究として Perloff (1970) があり，それが音声面の記述まで含めた唯一の包括的研究といってよい。

　Perloff (1970) による Yeats の詩における「不完全脚韻」の記述と分類は，Yeats 自身の朗読 (*Spoken Arts* No. 753) にもとづくものであるが，Yeats の発音は，ほぼアメリカ英語の標準発音と同じだということである (Perloff (1970: 29))。

　Perloff (1970: 164–174) によれば，Yeats の詩における consonance の例は693例ある。しかし，Perloff (1970) は形態的過程との関係の有無まで含めて脚韻母音ごとの分類はしていない。そのため，Perloff (1970) のデータを，前節で扱った Dickinson の consonance と同じ基準で分類し直し，Yeats の consonance の型の特徴を吟味する。

　Perloff (1970) の提示している資料をもとに Yeats の consonance を分類すると，Dickinson の詩の場合と同じように3種類

に分類できる。まず，接辞付加による母音交替に対応する con-sonannce の型であるが，次の (35)-(41) が観察され，いずれも一定の頻度で現れる。

(35) [iː]~[e]（11 例）：
wet~eat　　　　　　　　　　　　(*Responsibilities* 128, 1/3)

(36) [ei]~[æ]（30 例）：
face~grass　　　　　　　　　　(*Wild Swans at Coole* 169, 1/3)

(37) [ei]~[e]（23 例）：
made~said　　　　　　　　　　(*Responsibilities* 119, 29/31)

(38) [ai]~[i]（6 例）：
night~spit　　　　　　　　(*Words for Music Perhaps* 276, 26/27)

(39) [au]~[ʌ]（18 例）：
cloud~blood　　　　　　　　　(*A Full Moon in March* 312, 3/5)

(40) [uː]~[ʌ]（28 例）：
come~resume　　　　　　　　(*A Full Moon in March* 320, 7/8)

(41) [ou]~[ɔ]（10 例）：
road~God　　　　　　　　(*Words for Music Perhaps* 280, 20/24)

次に，アプラウトにより生じる交替母音に対応する多くの脚韻型があるが，その中でも一定の出現頻度があるものは，次の4種類に限られる。

(42) [i]~[ei]（11 例）：
fin~again　　　　　　　　　(*A Full Moon in March* 368, 145/147)

(43) [æ]~[ʌ]（20 例）：
man~undone

(*Michael Robartes and the Dancer* 208, 29/32)

(44) [uː]~[ɔ] (12 例):
    top~troop   (*The Winding Stair* 308, 11/13)

(45) [ou]~[uː] (27 例):
    stone~moon   (*Seven Woods* 79, 175/176)

以上 2 種類の consonance の型は，交替母音に対応するものであるので，母音同士の音価が違うが，可能な基底表示の一致による「完全脚韻」であると解釈できる。

Yeats の詩にも交替母音と対応しない consonance の型が存在する。一定の頻度で観察されるのは，次の 8 種類である。

(46) [i]~[e] (15 例):
    friend~wind   (*Responsibilities* 131, 25/26)

(47) [iə]~[ɛə] (14 例):
    despair~ear   (*Wind Swans at Coole* 161, 5/6)

(48) [æ]~[e] (16 例):
    thrash~flesh   (*Wind Swans at Coole* 192, 9/10)

(49) [ou]~[æ] (16 例):
    alone~man   (*Words for Music Perhaps* 283, 1/3)

(50) [ɔ]~[æ] (25 例):
    man~gone   (*Last Poems* 380, 4/8)

(51) [ɔ]~[ʌ] (56 例):
    young~song   (*The Tower* 211, 1/3)

(52) [ɔː]~[au] (15 例):
    out~thought   (*A Full Moon in March* 325, 5/6)

(53) [ɔː]~[ɔ] (11 例):

dawn~gone　　　　　　　　　　(*Repsonsibilities* 132, 55/57)

この8種類のconsonanceの例で興味深いのは，DickinsonとYeats共通の型が4種類 ([i]~[e], [æ]~[e], [iə]~[ɛə], [ɔ]~[ʌ]) 含まれていることである。Dickinsonと共通の型は，(28)-(30)の制約に従っている。それゆえ，他の4種類が(28)-(30)に従っているか否か検討してみる必要がある。

Dickinsonの詩では出現頻度が低いがYeatsの詩では出現頻度が高い4種類について，(28)-(30)の制約との関係を示したのが(54)である。すべての制約に従っている型はないことがわかる。

(54)　　　　　　　ou~æ　　ɔː~au　　ɔ~æ　　ɔː~ɔ
　　制約 (28)　　　○　　　×　　　×　　　×
　　制約 (29)　　　×　　　○　　　×　　　○
　　制約 (30)　　　○　　　○　　　○　　　○

まず，(55) に示されているように，[ou]~[æ]以外の型は二つの母音を介在させて関係づけられる。また，[ou]~[æ] と [ɔ]~[æ] については，可能な基底形の [back] の値が一致していない。[æ] は基底でも表層でも [−back] だが，[ou] と [ɔ] は基底でも表層でも [+back] である。

(55) a.　ou~æ　　　　　b.　ɔː~au
　　　　 ou~ei~æ　　　　　 ɔː~i~ai~au
　　 c.　ɔ~æ　　　　　 d.　ɔː~ɔ
　　　　 ɔ~uː~ʌ~æ　　　　　 ɔː~e~ou~ɔ

興味深いことに，検討している4種類の脚韻型では，二つの母

音を関係づける交替形の少なくとも一つは接辞付加により生じる交替形になっており，アプラウトによる交替形のみで関係づけられている母音のペアはない。(55) に示されている交替形のうち，(55a) の [ei]～[æ] (n*a*tion~n*a*tional)，(55b) の [i]～[ai] (def*i*ne~def*i*nition)，(55c) の [uː]～[ʌ] (ass*u*me~ass*u*mption)，それと (55d) の [ou]～[ɔ] (t*o*ne~t*o*nic) が接辞付加により生じる交替形である。

以上の議論から，Yeats の詩における交替母音に対応しない脚韻型の場合は，Dickinson の詩の対応する型よりも制限が緩やかであることがわかる。Yeats の場合には，介在する母音の数や可能な基底表示の [back] の値よりも，脚韻する母音同士の関係づけられ方が最優先されていると考えられる。すなわち，接辞付加により生じた交替形により関係づけられる母音同士のほうが，アプラウトのみにより関係づけられる母音同士よりも，実際の音価は違っていても「近い関係」にあり「似ている」とみなされている。

4.5. 事例研究 3： ロック音楽の歌詞

「不完全脚韻」の三つ目の事例研究として，いわゆる「ロック音楽」の歌詞 (rock lyrics) で観察される consonance について検討する。ロック歌詞の脚韻の研究の数は少なく，Zwicky (1976) が唯一の具体的研究といってよい。本節では Zwicky (1976) が提示した具体例の再分析を提示することにするが，その前に，ロック歌詞の脚韻の例として，Bob Dylan の *I Shall Be Free* の一部を観察する。

第 4 章　英詩の脚韻と音韻論　　129

(56)　I Shall Be Free

　　　Well, I took me a woman late last n**ight**

　　　I's three-fourths drunk, she looked upt**ight**

　　　She took off her wheel, took off her b**ell**

　　　Took off her wig, said, "How do I sm**ell**?"

　　　I hot-footed it ... bare-naked ...

　　　Out the window!

　　　（中略）

　　　Well, my telephone rang it would not st**op**

　　　It's President Kennedy callin' me **up**

　　　He said, "My friend, Bob, what do we need to make the country gr**ow**?"

　　　I said, "My friend, John, Brigitte Bard**ot**

　　　Anita Ekb**erg**

　　　Sophia Laur**en**"

　　　(Put'em all in the same room with Ernest Borgnine!)

　　　（後略）

　　　　　　　　　　　　　　　　　　　　　　　(Dylan (2004: 68))

（俺は昨日の夜おそく，女を連れてきた

俺はへべれけに酔い，女は不安げに見えた。

女は輪をはずし，鈴をはずし

かつらを取り，言った「私どんな匂いがする？」

俺は大急ぎで ... 裸になった ...

窓の外で。

（中略）

電話が鳴り続けた

ケネディー大統領からの直接の電話だった

大統領は言った,「ボブ, 我々が本当に国を

成長させるためには何が必要だろうか。」

俺は言った,「大統領, ブリジット・バルドー,

アニタ・エクバーグ,

ソフィア・ローレン」

(みんなアーネスト・ボーグナインと同じ部屋にぶち込んじまえ！))

　この歌詞は, 6行から8行のスタンザから構成され, 各スタンザの最初の4行がaabbとい脚韻型を示す。最初のスタンザの最初の4行は「完全脚韻」になっており, 脚韻している部分に音声的差異はない。しかし, 中略後のスタンザでは, 最初の2行の脚韻語はstopとupであり母音の音価が違っている。しかも [ɑ] と [ʌ] は, 形態的過程に伴い生じる交替母音ではない。3行目と4行目はgrowとBardotで二重母音 [ou] の完全脚韻である。(56) の引用部分から, ロックの歌詞で観察されるconsonanceの例も, DickinsonやYeatsのconsonanceの例と類似しているか, 同様の性質をもつものであることが推測できる。

　Zwicky (1976: 691-693) によると, ロック音楽の歌詞で観察される「不完全脚韻」のうち, consonanceの出現率は調査した範囲の13.4％ (700例のうちの94例) である。Zwicky (1976: 692) は, consonanceの94例は24種類に分類されるが, その中で3例以上観察されたのは (57) の8種類であると述べている。

(57) a. [i]~[e] 　　19例 　　b. [ʌ]~[ɔ] 　　10例
　　　b. [iː]~[ei] 　9例 　　d. [ʌ]~[ɑ] 　　8例

e.	[e]~[æ]	4例	f.	[uː]~[ou]	6例
g.	[e]~[ei]	4例	h.	[ɑ]~[ɔ]	3例

(57) の事実は，4.3節で提示した視点から3種類に分類できる。形態的過程により生じる交替母音に対応するものが，(57b) (eat~ate)，(57g) (retain~retention)，それに (57f) (grow~grew) である。次に，交替母音とは対応しないが，Dickinson の consonance と同じものが (57a, b, e) である。最後に，ロックの歌詞に特有のものが，(57d) と (57h) の2種類である。

Zwicky (1976: 693) は，さらに (57) の8種類の型にかかわる付加的で余計な要素を考慮に入れて不安定な型を除くと，ロック音楽の歌詞で見られる cosonance で安定しているのは (57a)，(57b)，(57e) と (57) にはない [i]~[iː] の4種類だと述べている。具体例を (58) に示す。

(58) a. [i]~[e]:
underfed~hid~kid

(Dylan, *Love is Just a Four Letter Word*)

b. [i]~[iː]:
busy~easy　　　　　　　　(Joni Mitchel, *Flectricity*)

c. [æ]~[e]:
back~neck　　　　　　　　(Dylan, *Seven Curses*)

d. [ɑ]~[ʌ]:
con~one

(Dylan, *It's Alright Ma (I'm Only Bleedin')*)

繰り返しになるが，[i]~[e], [æ]~[e], [ɑ]~[ʌ] は Dickinson および

Yeats と共通の脚韻型である。ロック音楽の歌詞に特有の脚韻型ではない。しかもこれらの脚韻型は,すでに 4.3 節で述べたように,(28)-(30) の制約すべてに従っている脚韻型である。

(58b) の [i]~[iː] については,Dickinson や Yeats では使用頻度が低いが,(59) に示したように,(29) と (30) には従っている。

(59) 　　　　　　　　　i~iː
　　制約 (28)　　　　×
　　制約 (29)　　　　○
　　制約 (30)　　　　○

[i] と [iː] は,近い関係にあるように見えるが,関係づけるためには,(60) に示すように介在母音が二つ必要であり,遠い関係にある。それゆえ,Dickinson の詩においては出現頻度が低い。

(60)　[i]~[iː]
　　　i~ei~e~iː

[i]~[iː] の可能な基底形は,いずれも [−back] である。また,[i]~[ei] (give~gave) はアプラウトにより生じる交替形であるが,ほかの二つは接辞付加により生じる交替形である。[ei]~[e] は ret*ai*n~ret*e*ntion などにおいて観察され,[iː]~[e] は ser*e*ne~ser*e*nity などにおいて観察される。

以上の観察から,ロック音楽の歌詞に見られる consonance のうち Zwicky (1976) が安定している型としているものは,[iː]~[i] 以外は,Dickinson の詩で頻繁に利用されているものと同じであり,ロックの歌詞に特有の consonance は [iː]~[i] のみである

ことが明らかになった。Bob Dylanなど20世紀のロックの歌詞におけるconsonanceの例は,不規則で新規なものに見えるかもしれないが,決してそうではない。少なくとも19世紀後半からのconsonanceの型と本質的にかわらないもので,ある意味で「保守的」なものである。Dickinsonなどの詩人は自分が習得した英語の音韻体系の知識を最大限利用しているとする結論（4.3節）が正しいとすると,ロックの歌詞の場合も,作詞者がもっている現代英語の音韻体系の知識を最大限利用していることになる。そしてこの結論は妥当だと判断される。

4.6. Robert Pinsky

「不完全脚韻」の事例研究の最後の例として,Robert Pinsky (1940-)（以下,Pinsky）の詩における音値の違う母音同士の脚韻を考察する。Pinskyの「不完全脚韻」については,先行研究としてHanson (2003) があるが,本節では,Hanson (2003) が提示しているPinskyの *The Inferno of Dante* における違う母音同士の脚韻について,4.3節で提示した視点から再解釈を行う。

Hanson (2003: 326-327) によると,Pinskyの *The Inferno of Dante* でみられる違う母音同士の脚韻は,長母音と二重母音がかかわっており,次の (61) に示されている五つの種類がある。

(61) a. [ei]~[au]~[uː]: way~woe~now (IX 28-34)
    b. [ai]~[ei]~[iː]: I~way~me (IV 28-34)
    c. [au]~[uː]~[ɔː]: now~two~saw (VI 100-105)
    d. [au]~[ou]~[uː]: brow~go~through (X 31-36)

e. [ɔi]~[i]: Troy~misery~joy (I 55-61)

(61) の脚韻型は，一見すると複雑だが，形態的過程に伴う母音交替との対応の有無という視点から見ると規則性が浮かびあがる。(61a) と (61e) の脚韻型は，交替母音と対応していないが，ほかの三つの脚韻型は全部もしくは一部が交替母音と対応している。(61b) の [ai]~[ei]~[iː] の場合は，[ai]~[ei] (l*ie*~l*a*y) と [ei]~[iː] (*ea*t~*a*te) がアプラウトにより生じる交替母音に対応している。(61c) の [au]~[uː]~[ɔː] では，[uː]~[ɔː] (dr*aw*~dr*ew*) がアプラウトによる交替母音に対応している。(61d) の [au]~[ou]~[uː] では，[ou]~[uː] (ch*oo*se~ch*o*se) がアプラウトにより生じる交替母音に対応している。

　以上の記述をもとに，(61) の脚韻型のうち交替母音のみにより関係づけられる (61b) を除いた四つの脚韻型が (28)-(30) の制約に従っているか否かまとめると，(62) のようになる。

(62)

	ei~au~uː	au~uː~ɔː	au~ou~uː	ɔi~i
制約 (28)	×	○	○	×
制約 (29)	△	○	○	×
制約 (30)	○	○	○	○

まず，制約 (28) に関しては，(61c) と (61d) の型では一部がアプラウトに対応するため，(64) と (65) に示されているとおり，表面に現れない介在母音は一つ設定すればよく，見かけほど複雑ではない。(61a) と (61e) は，交替母音に対応していないため，(63) と (66) にあるとおり，(61a) は二つ，(61e) は三つの母音を介在させて関係づけられる。母音同士の関係は遠く，見かけの

(238.1)

この例では，2行目と4行目の行末が脚韻していると解釈できるが，母音が [iː] と [e] で，脚韻語の間には接辞付加による派生関係はないものの，母音は接辞付加による生じる交替母音に対応している。

接辞付加により生じる母音交替に対応する型には (5)-(12) のような例があり，(12) を除き，出現頻度が高い。

(5) [iː]~[e] (ser*e*ne~ser*e*nity)：(44 例)
tell [tel]~steel [stiːl]　(238.1)

(6) [ei]~[æ] (n*a*tion~n*a*tional)：(23 例)
date [deit]~that [ðæt]　(354.3)

(7) [ei]~[e] (ret*a*in~ret*e*ntion)：(30 例)
paid [peid]~said [sed]　(396.1)

(8) [ai]~[i] (div*i*ne~div*i*nity)：(40 例)
Kidd [kid]~testified [...faid]　(561.1)

(9) [au]~[ʌ] (pron*ou*nce~pron*u*nciation)　(12 例)
one [wʌn]~ town [taun]　(166.1)

(10) [uː]~[ʌ] (ass*u*me~ass*u*mption)：(24 例)
done [dʌn]~Noon [nuːn]　(302.3)

(11) [ou]~[ɑ] (t*o*ne~t*o*nic)：(14 例)
odd [ɑd]~road [roud]　(439.3)

(12) [iə]/[ɛə]~[æ]：(1 例)
(cl*ea*r~cl*a*rity; comp*a*re~comp*a*rison)
hear [hiər]~back [bæk]　(753.2)

Dickinson の詩における consonance の二番目の型は，近代英語期以降のアプラウト (ablaut) により生じる母音交替に対応するもので，具体例が (13) である。

(13) [ai]:[ei] (l*ie*~l*ay*)
　　　Some — Work for Immortality —
　　　The Chiefer part, for *Time* —　　　　　　[taim]
　　　He — Compensates — immediately —
　　　The former — Checks — on *Fame* —　　　[feim]
　　　(ある，不死 — 時にとってより中心的な部分 —
　　　を求める動き
　　　彼はすぐに埋め合わせをした，
　　　以前，名声を求める動きをしたことの)
　　　　　　　　　　　　　　　　　　　　　　(536.1)

この例でも，脚韻語間相互の派生関係はないが，脚韻語の母音の [ai] と [ei] がアプラウトにより生じる交替母音に対応している。

アプラウトの交替母音と対応する脚韻型は，型ごとの出現頻度の差が大きい。出現頻度の高いものは，(14)-(18) の型である。他のアプラウトの交替母音に対応する型は，出現頻度が低い。

(14)　[i]~[ei] (g*i*ve~g*a*ve) (60 例):
　　　Him [him]~name [neim]　　(280.1)
(15)　[iː]~[ei] (*ea*t~*a*te) (25 例):
　　　weed [wiːd]~laid [leid]　　(146.1)
(16)　[ei]~[ou] (br*ea*k~br*o*ke) (20 例):
　　　again [...gein]~houm [houm]　　(511.2)

(17) a. [ai]~[ei] (l*i*e~l*a*y) (33例):
　　　　Time [taim]~Fame [feim]　(536.1)
　　b. [ai]~[ou]~[i] (dr*i*ve~dr*o*ve~dr*i*ven) (15例):
　　　　home [houm]~time [taim]　(585.2)
　　c. [ai]~[au] (f*i*nd~f*ou*nd) (19例):
　　　　skies [skaiz]~Town [taun]　(358.1)
(18)　[u:]~[ou] (ch*oo*se~ch*o*se) (41例):
　　　　sown [soun]~June [ʤu:n]　(596.4)

Dickinsonの詩におけるconsonanceの第三の型は，接辞付加やアプラウトにより生じる交替母音に対応しないものである。たとえば (19) のような例がある。

(19)　[ei]:[i:]
　　　Before I got my eye put out —
　　　I liked as well to *see*　　　　　　　　[si:]
　　　As other creatures, that have eyes —
　　　And know no other *way* —　　　　　　[wei]
　　　（私が自分の目の明かりを消すまえに
　　　私は見ることも好きだった。
　　　目があり他の方法を知らない
　　　他の生き物がそうであるように。）

　　　　　　　　　　　　　　　　　　　　(336.1)

この例でも2行目と4行目の行末が脚韻していると解釈できるので，seeとwayが脚韻語になるが，[i:]と[ei]は，接辞付加によってもアプラウトによっても生じない母音のペアである。

この型の脚韻は，多種多様でいろいろな型が観察される。しかし，すべての型が同じように出現するわけではなく，型ごとの出現頻度に差がある。交替母音に対応しないさまざまな脚韻型のうち，Franklin (1999) の 1 から 1000 までを調査した結果，出現頻度が高い型は次の 6 種類に限られる。

(20)　[i]~[e] (31 例)：
　　　tell [tel]~still [stil]　(728.1)
(21)　[iː]~[ai] (32 例)：
　　　These [ðiːz]~eyes [aiz]　(253.1)
(22)　[e]~[æ] (20 例)：
　　　Hat [hæt]~forget [...get]　(315.2)
(23)　[ɑ]~[ʌ] (17 例)：
　　　Love [lʌv]~of [ɑv]　(713.1)
(24)　[ou]~[ʌ] (20 例)：
　　　Sun [sʌn]~alone [...loun]　(619.1)
(25)　[iə]~[ɛə] (23 例)：
　　　near [niə]~Hair [hɛə]　(679.1)

他の型は，多くても 10 例前後で出現頻度が低い。
　以上，Dickinson の詩における consonance は 3 種類に分類できることを示したが，次に論点になるは，consonance のそれぞれの型に音韻論的要因により決定される規則性があるか否か，ということである。三つの脚韻型のうち，接辞付加により生じる交替母音に対応する型とアプラウトにより生じる交替母音に対応する型は，交替形自体がもつ共通の基底表示により関係づけられていると考えられる。そのため，交替母音に対応する脚韻型は，母音

の音価が違うが可能な基底表示が同一であり，抽象的レベルの「完全脚韻」であると解釈できる。

　交替母音に対応しない第三の型は，可能な基底表示が共通ではないので，可能な基底表示によって関係づけることはできない。しかし，第三の型には別の規則性が見いだせる。(26) に示されているように，第三の型では脚韻する音価の違う二つの母音が一つの母音を介在して関連づけられているという特徴がある。四角の枠（□）で囲まれている母音が介在母音である。介在母音は，脚韻母音が交替することが可能な母音である。

(26) a.　[i]~[e]: i~ei~e
　　 b.　[iː]~[ai]: iː~ei~ai
　　 c.　[e]~[æ]: e~ei~æ
　　 d.　[ɑ]~[ʌ]: ɑ~uː~ʌ
　　 e.　[ou]~[ʌ]: ou~uː~ʌ
　　 f.　[iə]~[ɛə]: iə~æ~ɛə

(26a) の [i]~[e] の場合であれば，[ei] という二重母音が二つの母音を関連づけている。近代英語期以降，[i]~[ei] (g*i*ve~g*a*ve) および [e]~[ei] (ret*ai*n~ret*e*ntion) という交替形が存在しており，[ei] は [i], [e] の両方と交替可能である。

　他の五つの場合も同様で，脚韻する二つの母音には共通の交替母音がある。関連する交替形と具体例を記すと (27) のようになる。

(27) a.　iː~ei~ai: *eat*~*ate*, *lie*~*lay*
　　 b.　e~ei~æ: ret*ai*n~ret*e*ntion, n*a*tion~n*a*tional

c. ɑ~u:~ʌ: sh*oo*t~sh*o*t, ass*u*me~ass*u*mption
d. ou~u:~ʌ: bl*ow*~bl*ew*, ass*u*me~ass*u*mption
e. iə~æ~ɛə: cl*ear*~cl*a*rity, comp*a*re~comp*a*rison

　交替母音に対応しない 6 種類の脚韻型には，ほかに二つの共通性が見いだせる。一つは，脚韻のペアのそれぞれの母音の可能な基底形の [back] の値が一致していることである。(20)-(22) と (25) は [-back] であり，(23) と (24) は [+back] である。もう一つの共通する特徴は，[iː]~[ai] という型を除き，関連する二つの交替形のうち少なくとも一つは接辞付加による交替形であることである。[iː]~[ai] の場合には，二つともアプラウトによる交替形となっている。

　以上のことをもとにすると，Dickinson の詩で観察される交替母音に対応していない脚韻型には，次の三つの制約が課されていることになる。

(28)　介在母音は最大で一つでなければならない。
(29)　脚韻母音の可能な基底形の [back] の値が一致していなければならない。
(30)　関与する交替形の少なくとも一つは接辞付加により生じる交替形でなければならない。

(20)-(25) の脚韻型は，(21) の [iː]~[ai] を除き，すべての (28)-(30) の制約に従っている。[iː]~[ai] は (30) には違反しているが，他の制約には従っている。

　(28)-(30) の制約は，Dickinson の詩における多様な consonance の型について，制約に従っていない型は出現頻度が低いと

いう予測をする。事実は予測どおりで，制約に違反している脚韻型の出現頻度は低い。具体例の一部を次の (31)-(32) に示すが，いずれの型も，出現頻度が多くて 10 例前後である。

(31) 介在母音が二つ以上の場合（一部）
    a. [i]~[ʌ]: i~ai~au~ʌ
    b. [iː]~[au]: iː~ou~ai~au
    c. [au]~[æ]: au~ai~ei~æ
    d. [ou]~[u]: ou~ai~ei~u
    e. [ou]~[ɔː]: ou~e~iː~ɔː

(32) 可能な基底形の [back] の値に対立がある場合（一部）
    a. [i]~[u]   [i]~[uː]   [i]~[ɑ]/[ɔ]   [i]~[ɔː]
        [i]~[ɔi]   [i]~[ou]   [iː]~[u]   [iː]~[uː]
        [iː]~[ɑ]/[ɔ] [iː]~[ou]
    b. [e]~[uː]   [e]~[ɔi]   [ei]~[u]   [ei]~[uː]
        [ei]~[ɑ]/[ɔ] [ei]~[ɔi]
        ([ei]</ − back, − round, − high, + low, + long/)
    c. [ai]~[uː]   [ai]~[ɑ]/[ɔ] [ai]~[ɔː]   [ai]~[ɔi]
        [æ]~[ou]
        ([ai]</ − back, − round, + high, − low, + long/)
    d. [uː]~[i]   [ɔː]~[e]   [ou]~[e]

(33) 関与する交替形がアプラウトだけの場合（一部）
    a. [ei]~[au]: ai が介在：ei~ai ai~au
    b. [au]~[ou]: ai が介在：au~ai ai~ou
    c. [u]~[uː]: ei が介在：u~ei ei~uː

このように，Dickinson の詩にみられる consonance の型について重要な点は，「不完全脚韻」は不完全なものではなく，音韻体系に基礎をおき一定の規則性をもったものであるということである。Dickinson は，自分が習得した音韻知識を最大限に利用して脚韻の型を決めていると考えられる。特に交替母音に対応しない consonance の型にみられる出現頻度の差は，どの母音とどの母音が近い関係にあるか決定する際に，詩人の音韻知識が最大限利用されている具体例としての意味合いがある。

4.4. 事例研究 2： William Butler Yeats

「不完全脚韻」のうちの consonance についての 2 番目の事例研究として，William Butler Yeats (1865-1939) (以下，Yeats) の consonance の型について考える。Yeats の詩にも，「不完全脚韻」が多く観察されることが知られている。

Yeats の脚韻の具体例として，*Byzantium* の最初の二つのスタンザ ((34)) の脚韻をみることにする。(34) では脚韻に関与している部分を太字にしてある。

(34)　　The unpurged images of day rec**ede**;
　　　　The Emperor's drunken soldiery are ab**ed**;
　　　　Night resonance recedes, night-walkers' s**ong**
　　　　After great cathedral g**ong**;
　　　　A starlit or a moonlit dome disd**ains**
　　　　All that man **is**,
　　　　All mere complexit**ies**,

The fury and the mire of human v**eins**.

Before me floats an image, man or sh**ade**,
Shade more than man, more image than a sh**ade**;
For Hades' bobbin bound in mummy-cl**oth**
May unwind the winding p**ath**;
A mouth that has no moisture and no br**eath**
Breathless mouths my s**ummon**;
I hail the superh**uman**;
I call it death-in-life and life-in-d**eath**.

（まだ浄められていない昼間のモノたちの姿が遠のいてゆく
皇帝の兵士たちも酒に酔い，眠りについた。
夜の陰にこもった響きも，夜の街をうろつく女たちの歌声も，
寺院の大きな鐘が鳴り響いたあと，しんと静まった。
星明りに，いや月明かりに浮かび上がったドームが，嘯くように，
およそすべての人間的なものを，
すべての錯綜した人の世のはかないしがらみを，
人間の血が齎す憤恚と泥棒を，今見下ろしている。

私の眼の前を，一つの姿が，人間ような，亡霊のような，
人間というより亡霊，亡霊というよりただ姿あるものが，
揺れ動く。木乃伊の布に包まれた冥府の糸巻きが，
今その布を解きほぐしているように見える。
乾からびてもはや息絶えたそのものの口が，
慄然として息をのんでいる者たちを召喚しているのかもしれぬ。
私はこの超人間的な存在に，歓呼の声をおくる。

私はこの存在を，生の中の死，死の中の生，と呼ぶ。）

(平井正穂編『イギリス名詞選』，岩波文庫)

　この詩は，8行連を基本単位として，脚韻の鋳型は aabbcddc であると解釈される。太字で示した部分から明らかなように，引用した16行においては，「完全脚韻」と「不完全脚韻」が混在している。「不完全脚韻」のみを抽出すると，順に recede~abed (1, 1-2), cloth~path (2, 3-4), summon~human (2, 6-7) という三つの例が見つかる。「不完全脚韻」は，すべて consonance の例である。このように，Yeats の詩の脚韻型には，「完全脚韻」と「不完全脚韻」の併用による多様性がある。それゆえ，押韻の方法が研究者の注目を集めてきた。包括的な研究として Perloff (1970) があり，それが音声面の記述まで含めた唯一の包括的研究といってよい。

　Perloff (1970) による Yeats の詩における「不完全脚韻」の記述と分類は，Yeats 自身の朗読 (*Spoken Arts* No. 753) にもとづくものであるが，Yeats の発音は，ほぼアメリカ英語の標準発音と同じだということである (Perloff (1970: 29))。

　Perloff (1970: 164–174) によれば，Yeats の詩における consonance の例は693例ある。しかし，Perloff (1970) は形態的過程との関係の有無まで含めて脚韻母音ごとの分類はしていない。そのため，Perloff (1970) のデータを，前節で扱った Dickinson の consonance と同じ基準で分類し直し，Yeats の consonance の型の特徴を吟味する。

　Perloff (1970) の提示している資料をもとに Yeats の consonance を分類すると，Dickinson の詩の場合と同じように3種類

に分類できる。まず，接辞付加による母音交替に対応する con-sonannce の型であるが，次の (35)-(41) が観察され，いずれも一定の頻度で現れる。

(35) [iː]~[e] (11 例):
 wet~eat (*Responsibilities* 128, 1/3)
(36) [ei]~[æ] (30 例):
 face~grass (*Wild Swans at Coole* 169, 1/3)
(37) [ei]~[e] (23 例):
 made~said (*Responsibilities* 119, 29/31)
(38) [ai]~[i] (6 例):
 night~spit (*Words for Music Perhaps* 276, 26/27)
(39) [au]~[ʌ] (18 例):
 cloud~blood (*A Full Moon in March* 312, 3/5)
(40) [uː]~[ʌ] (28 例):
 come~resume (*A Full Moon in March* 320, 7/8)
(41) [ou]~[ɔ] (10 例):
 road~God (*Words for Music Perhaps* 280, 20/24)

次に，アブラウトにより生じる交替母音に対応する多くの脚韻型があるが，その中でも一定の出現頻度があるものは，次の4種類に限られる。

(42) [i]~[ei] (11 例):
 fin~again (*A Full Moon in March* 368, 145/147)
(43) [æ]~[ʌ] (20 例):
 man~undone

(*Michael Robartes and the Dancer* 208, 29/32)

(44) [uː]~[ɔ] (12 例)：
top~troop　　　　　　　　　(*The Winding Stair* 308, 11/13)

(45) [ou]~[uː] (27 例)：
stone~moon　　　　　　　　(*Seven Woods* 79, 175/176)

以上 2 種類の consonance の型は，交替母音に対応するものであるので，母音同士の音価が違うが，可能な基底表示の一致による「完全脚韻」であると解釈できる。

Yeats の詩にも交替母音と対応しない consonance の型が存在する。一定の頻度で観察されるのは，次の 8 種類である。

(46) [i]~[e] (15 例)：
friend~wind　　　　　　　　(*Responsibilities* 131, 25/26)

(47) [iə]~[ɛə] (14 例)：
despair~ear　　　　　　　　(*Wind Swans at Coole* 161, 5/6)

(48) [æ]~[e] (16 例)：
thrash~flesh　　　　　　　　(*Wind Swans at Coole* 192, 9/10)

(49) [ou]~[æ] (16 例)：
alone~man　　　　　　　　(*Words for Music Perhaps* 283, 1/3)

(50) [ɔ]~[æ] (25 例)：
man~gone　　　　　　　　　(*Last Poems* 380, 4/8)

(51) [ɔ]~[ʌ] (56 例)：
young~song　　　　　　　　(*The Tower* 211, 1/3)

(52) [ɔː]~[au] (15 例)：
out~thought　　　　　　　　(*A Full Moon in March* 325, 5/6)

(53) [ɔː]~[ɔ] (11 例)：

dawn~gone　　　　　　　　　　(*Repsonsibilities* 132, 55/57)

この 8 種類の consonance の例で興味深いのは，Dickinson と共通の型が 4 種類 ([i]~[e], [æ]~[e], [iə]~[ɛə], [ɔ]~[ʌ]) 含まれていることである。Dickinson と共通の型は，(28)-(30) の制約に従っている。それゆえ，他の 4 種類が (28)-(30) に従っているか否か検討してみる必要がある。

Dickinson の詩では出現頻度が低いが Yeats の詩では出現頻度が高い 4 種類について，(28)-(30) の制約との関係を示したのが (54) である。すべての制約に従っている型はないことがわかる。

(54)
	ou~æ	ɔː~au	ɔ~æ	ɔː~ɔ
制約 (28)	○	×	×	×
制約 (29)	×	○	×	○
制約 (30)	○	○	○	○

まず，(55) に示されているように，[ou]~[æ] 以外の型は二つの母音を介在させて関係づけられる。また，[ou]~[æ] と [ɔ]~[æ] については，可能な基底形の [back] の値が一致していない。[æ] は基底でも表層でも [－back] だが，[ou] と [ɔ] は基底でも表層でも [＋back] である。

(55) a.　ou~æ　　　　　b.　ɔː~au
　　　　ou~ei~æ　　　　　ɔː~i~ai~au
　　c.　ɔ~æ　　　　　　d.　ɔː~ɔ
　　　　ɔ~uː~ʌ~æ　　　　ɔː~e~ou~ɔ

興味深いことに，検討している 4 種類の脚韻型では，二つの母

音を関係づける交替形の少なくとも一つは接辞付加により生じる交替形になっており、アプラウトによる交替形のみで関係づけられている母音のペアはない。(55) に示されている交替形のうち、(55a) の [ei] ~ [æ] (n*a*tion~n*a*tional)、(55b) の [i] ~ [ai] (def*i*ne~def*i*nition)、(55c) の [uː]~[ʌ] (ass*u*me~ass*u*mption)、それと (55d) の [ou]~[ɔ] (t*o*ne~t*o*nic) が接辞付加により生じる交替形である。

　以上の議論から、Yeats の詩における交替母音に対応しない脚韻型の場合は、Dickinson の詩の対応する型よりも制限が緩やかであることがわかる。Yeats の場合には、介在する母音の数や可能な基底表示の [back] の値よりも、脚韻する母音同士の関係づけられ方が最優先されていると考えられる。すなわち、接辞付加により生じた交替形により関係づけられる母音同士のほうが、アプラウトのみにより関係づけられる母音同士よりも、実際の音価は違っていても「近い関係」にあり「似ている」とみなされている。

4.5. 事例研究 3： ロック音楽の歌詞

　「不完全脚韻」の三つ目の事例研究として、いわゆる「ロック音楽」の歌詞 (rock lyrics) で観察される consonance について検討する。ロック歌詞の脚韻の研究の数は少なく、Zwicky (1976) が唯一の具体的研究といってよい。本節では Zwicky (1976) が提示した具体例の再分析を提示することにするが、その前に、ロック歌詞の脚韻の例として、Bob Dylan の *I Shall Be Free* の一部を観察する。

(56)　I Shall Be Free

Well, I took me a woman late last n**ight**

I's three-fourths drunk, she looked upt**ight**

She took off her wheel, took off her b**ell**

Took off her wig, said, "How do I sm**ell**?"

I hot-footed it ... bare-naked ...

Out the window!

（中略）

Well, my telephone rang it would not st**op**

It's President Kennedy callin' me **up**

He said, "My friend, Bob, what do we need to make the country gr**ow**?"

I said, "My friend, John, Brigitte Bard**ot**

Anita Ekberg

Sophia Lauren"

(Put'em all in the same room with Ernest Borgnine!)

（後略）

(Dylan (2004: 68))

(俺は昨日の夜おそく，女を連れてきた

俺はへべれけに酔い，女は不安げに見えた。

女は輪をはずし，鈴をはずし

かつらを取り，言った「私どんな匂いがする？」

俺は大急ぎで ... 裸になった ...

窓の外で。

（中略）

電話が鳴り続けた

ケネディー大統領からの直接の電話だった

大統領は言った,「ボブ,我々が本当に国を

成長させるためには何が必要だろうか。」

俺は言った,「大統領,ブリジット・バルドー,

アニタ・エクバーグ,

ソフィア・ローレン」

(みんなアーネスト・ボーグナインと同じ部屋にぶち込んじまえ！))

　この歌詞は，6行から8行のスタンザから構成され，各スタンザの最初の4行がaabbとい脚韻型を示す。最初のスタンザの最初の4行は「完全脚韻」になっており，脚韻している部分に音声的差異はない。しかし，中略後のスタンザでは，最初の2行の脚韻語はstopとupであり母音の音価が違っている。しかも [ɑ] と [ʌ] は，形態的過程に伴い生じる交替母音ではない。3行目と4行目はgrowとBardotで二重母音 [ou] の完全脚韻である。(56) の引用部分から，ロックの歌詞で観察されるconsonanceの例も，DickinsonやYeatsのconsonanceの例と類似しているか，同様の性質をもつものであることが推測できる。

　Zwicky (1976: 691-693) によると，ロック音楽の歌詞で観察される「不完全脚韻」のうち，consonanceの出現率は調査した範囲の13.4%（700例のうちの94例）である。Zwicky (1976: 692) は，consonanceの94例は24種類に分類されるが，その中で3例以上観察されたのは (57) の8種類であると述べている。

(57) a.　[i]~[e]　　19例　　b.　[ʌ]~[ɔ]　　10例
　　 b.　[iː]~[ei]　　9例　　d.　[ʌ]~[ɑ]　　　8例

e. [e]~[æ]　　4例　　　f. [uː]~[ou]　　6例
g. [e]~[ei]　　4例　　　h. [ɑ]~[ɔ]　　　3例

(57) の事実は，4.3節で提示した視点から3種類に分類できる。形態的過程により生じる交替母音に対応するものが，(57b) (e*at*~*a*te), (57g) (ret*ai*n~ret*e*ntion), それに (57f) (gr*ow*~gr*ew*) である。次に，交替母音とは対応しないが，Dickinson の consonance と同じものが (57a, b, e) である。最後に，ロックの歌詞に特有のものが，(57d) と (57h) の2種類である。

Zwicky (1976: 693) は，さらに (57) の8種類の型にかかわる付加的で余計な要素を考慮に入れて不安定な型を除くと，ロック音楽の歌詞で見られる cosonance で安定しているのは (57a), (57b), (57e) と (57) にはない [i]~[iː] の4種類だと述べている。具体例を (58) に示す。

(58) a.　[i]~[e]:
　　　　underfed~hid~kid

　　　　　　　　　　　　(Dylan, *Love is Just a Four Letter Word*)

　　　b.　[i]~[iː]:
　　　　busy~easy　　　　　　　(Joni Mitchel, *Flectricity*)

　　　c.　[æ]~[e]:
　　　　back~neck　　　　　　　(Dylan, *Seven Curses*)

　　　d.　[ɑ]~[ʌ]:
　　　　con~one

　　　　　　　　　　　　(Dylan, *It's Alright Ma (I'm Only Bleedin')*)

繰り返しになるが，[i]~[e], [æ]~[e], [ɑ]~[ʌ] は Dickinson および

Yeats と共通の脚韻型である。ロック音楽の歌詞に特有の脚韻型ではない。しかもこれらの脚韻型は，すでに 4.3 節で述べたように，(28)-(30) の制約すべてに従っている脚韻型である。

(58b) の [i]~[iː] については，Dickinson や Yeats では使用頻度が低いが，(59) に示したように，(29) と (30) には従っている。

(59) 　　　　　　　　　i~iː
　　制約 (28)　　　　×
　　制約 (29)　　　　○
　　制約 (30)　　　　○

[i] と [iː] は，近い関係にあるように見えるが，関係づけるためには，(60) に示すように介在母音が二つ必要であり，遠い関係にある。それゆえ，Dickinson の詩においては出現頻度が低い。

(60)　[i]~[iː]
　　　i~ ei~e ~iː

[i]~[iː] の可能な基底形は，いずれも [−back] である。また，[i]~[ei] (give~gave) はアプラウトにより生じる交替形であるが，ほかの二つは接辞付加により生じる交替形である。[ei]~[e] は ret*ai*n~ret*e*ntion などにおいて観察され，[iː]~[e] は ser*e*ne~ser*e*nity などにおいて観察される。

以上の観察から，ロック音楽の歌詞に見られる consonance のうち Zwicky (1976) が安定している型としているものは，[iː]~[i] 以外は，Dickinson の詩で頻繁に利用されているものと同じであり，ロックの歌詞に特有の consonance は [iː]~[i] のみである

ことが明らかになった。Bob Dylan など 20 世紀のロックの歌詞における consonance の例は，不規則で新規なものに見えるかもしれないが，決してそうではない。少なくとも 19 世紀後半からの consonance の型と本質的にかわらないもので，ある意味で「保守的」なものである。Dickinson などの詩人は自分が習得した英語の音韻体系の知識を最大限利用しているとする結論（4.3 節）が正しいとすると，ロックの歌詞の場合も，作詞者がもっている現代英語の音韻体系の知識を最大限利用していることになる。そしてこの結論は妥当だと判断される。

4.6. Robert Pinsky

「不完全脚韻」の事例研究の最後の例として，Robert Pinsky (1940-)（以下，Pinsky）の詩における音値の違う母音同士の脚韻を考察する。Pinsky の「不完全脚韻」については，先行研究として Hanson (2003) があるが，本節では，Hanson (2003) が提示している Pinsky の *The Inferno of Dante* における違う母音同士の脚韻について，4.3 節で提示した視点から再解釈を行う。

Hanson (2003: 326-327) によると，Pinsky の *The Inferno of Dante* でみられる違う母音同士の脚韻は，長母音と二重母音がかかわっており，次の (61) に示されている五つの種類がある。

(61) a. [ei]~[au]~[uː]: way~woe~now (IX 28-34)
　　 b. [ai]~[ei]~[iː]: I~way~me (IV 28-34)
　　 c. [au]~[uː]~[ɔː]: now~two~saw (VI 100-105)
　　 d. [au]~[ou]~[uː]: brow~go~through (X 31-36)

e. [ɔi]~[i]: Troy~misery~joy (I 55-61)

(61) の脚韻型は，一見すると複雑だが，形態的過程に伴う母音交替との対応の有無という視点から見ると規則性が浮かびあがる。(61a) と (61e) の脚韻型は，交替母音と対応していないが，ほかの三つの脚韻型は全部もしくは一部が交替母音と対応している。(61b) の [ai]~[ei]~[iː] の場合は，[ai]~[ei] (l*i*e~l*a*y) と [ei]~[iː] (*ea*t~*a*te) がアプラウトにより生じる交替母音に対応している。(61c) の [au]~[uː]~[ɔː] では，[uː]~[ɔː] (dr*aw*~dr*ew*) がアプラウトによる交替母音に対応している。(61d) の [au]~[ou]~[uː] では，[ou]~[uː] (ch*oo*se~ch*o*se) がアプラウトにより生じる交替母音に対応している。

以上の記述をもとに，(61) の脚韻型のうち交替母音のみにより関係づけられる (61b) を除いた四つの脚韻型が (28)–(30) の制約に従っているか否かまとめると，(62) のようになる。

(62)

	ei~au~uː	au~uː~ɔː	au~ou~uː	ɔi~i
制約 (28)	×	○	○	×
制約 (29)	△	○	○	×
制約 (30)	○	○	○	○

まず，制約 (28) に関しては，(61c) と (61d) の型では一部がアプラウトに対応するため，(64) と (65) に示されているとおり，表面に現れない介在母音は一つ設定すればよく，見かけほど複雑ではない。(61a) と (61e) は，交替母音に対応していないため，(63) と (66) にあるとおり，(61a) は二つ，(61e) は三つの母音を介在させて関係づけられる。母音同士の関係は遠く，見かけの

とおりの複雑な型である。

(63) ei~au~uː: ei~|ai|~au~|ʌ|~uː   ((61a))
(64) au~uː~iː: au~|ʌ|~uː~ɔː   ((61c))
(65) au~ou~uː: au~|ʌ|~uː~ou   ((61d))
(66) ɔi~iː~ic: ɔi~|ʌ~au~ai|~i   ((61e))

　脚韻母音の可能な基底形の [back] の値の一致については，介在母音が一つである (61c) と (61d) の場合には [back] の値が一致している。脚韻する母音の可能な基底形はすべて [+back] で，制約 (29) に従っている。これに対して (61a) と (61e) では，介在母音が二つ以上で，脚韻する母音の可能な基底形は [+back] ([au], [uː], [ou] と [ɔi]) と [−back] ([ei] と [i]) の対立がある。

　制約 (30) に関しては，すべてアプラウトで関連づけられている (61b) を除き，ほかの四つの脚韻型には，接辞交替により生じる交替形が少なくとも一つ含まれている。(61a), (61c), および (61d) では，[uː]~[ʌ] (ass*u*me~ass*u*mption) が接辞付加により生じる交替母音に対応している。(61e) の場合は，介在母音が三つあり，結果的に対応が複雑だが，接辞付加による交替が三つ関与している。すなわち，[ɔi]~[ʌ] (destr*oy*~destr*u*ction), [au]~[ʌ] (pron*ou*nce~pron*u*nciation), それに [ai]~[i] (def*i*ne~def*i*nition) の三つである。

　以上，Pinsky の *The Inferno of Dante* における違う母音同士の脚韻について，4.3 節において提示した視点から見直しを行った。その見直しにより明らかになったのは，Pinsky の *The Inferno of Dante* における違う母音同士を脚韻型は，一見すると複

雑にみえるが，その実態は，制約 (28)-(30) にできる限り従おうとしている規則的な型である，という事実である。見直しを行った五つの脚韻型のうち，(61c) と (61d) が三つの制約すべてに従っている。(61b) は，アプラウトのみで関係づけられている点で (30) には従わないが，ほかの二つの制約には違反しない。(61a) と (61e) は，他のものとは違い (30) の制約だけに従っている，遠い関係の母音同士の脚韻である。

Pinsky の *The Inferno of Dante* における違う母音同士の脚韻に関して，規則性以外の側面として，4.3 節から 4.5 節までの脚韻型と比較して「革新的」な面があることが挙げられる。すなわち，(61) にある脚韻形のうち，(61b) を除いて，4.3 節～4.5 節で検討した詩人によっては多用されていない。(61b) の [ai]~[ei] と [ei]~[iː] という脚韻型は，Dickinson の詩では，それぞれ 33 例と 60 例ほどあり頻繁に観察されるものである。(61b) 以外の型は，Dickinson, Yeats, ロック音楽のいずれにおいても使用頻度が低い。その点，Pinsky と同時代のロック音楽の歌詞の押韻が「保守的」であるとみなされるのとは対照的である。

4.7. Consonance 以外の「不完全脚韻」

この章では，4.3 節から 4.6 節で，今まで比較的研究が少ないと考えられる consonance について詩人ごとの特徴を詳述したが，最後に，「不完全脚韻」のうち consonance と同様に頻繁に観察される assonance について簡単に触れることにする。

assonance に関しては，Lindberg-Seyersted (1968) (Dickinson), Zwicky (1976) (ロック歌詞), Hanson (2003) (Pinsky) など

により詳細な事実が提示されている。具体例が (67) から (69) である。

(67) Dickinson
Sweeter than a vanished frolic
From a vanished gr**een**!
Swifter than the hoofs of Horsemen —
Round a Ledge of dr**eam**!
(消えた草地から聞こえていた
陽気な騒ぎよりも甘く,
夢の鉱脈の回りに群れる
馬に乗った多くの男たちよりも速く。) (164.2)

(68) ロック歌詞
Oh, yes, I am w**ise**
but it's wisdom born out of pain,
Yes, I paid the pr**ice**
but look how much I gained.
(そのとおり,私は賢いよ
だけどその賢さは苦労した末身につけたものだよ,
そのとおり,私は代償を払ったよ,
だけど私がどれくらい手に入れたか見てみな。)

(Reddy, *I Am Woman*; Zwicky (1976: 686))

(69) Pinsky
'A different path from this one would be best
For you to find your way from this feral pl**ace**,'
He answered, seeing how I wept. 'This beast,

> The cause of your complaint, lets no one p**ass**
> 　Her way — but harries all to death.　Her nature
> Is so malign and vicious she cannot app**ease**.
> (「ここからは別の経路をたどるほうが最善のようだ
> あなたがこの自然のままの場所から脱出するには」
> と彼は答え，泣いている私を見た。「この獣，
> あなたの不平の原因，は誰一人通さない
> 自分の道を—そして全員を死に追いやる。その性質は
> とても悪質なものなので空腹を満たすことはできない。)
> 　　　　　　(*The Inferno of Dante* I, 70-75; Hanson (2003: 318))

(67) では，green [griːn] と dream [driːm] が脚韻語となり母音は同じだが，語末の [n] と [m] が音価の違う子音となっている。(68) も同様で，wise [waiz] と price [prais] が脚韻語で，語末の [z] と [s] が違っている。(69) はより複雑で，assonance のほかに consonance の要素も加わったものである。脚韻語は place [pleis], pass [pæs], appease [əpiːz] で，語末の子音だけに目をむけると，[s] と [z] の違いがみられる。

　ここでは，ロック歌詞と Pinsky の assonance の子音の部分のみをまとめ直す。Zwicky (1976: 683-686) によると，調査したコーパスの 700 組の脚韻のうち assonance の例は 236 例 (33.7%) であるが，そのうちの出現頻度が高いものを提示したのが (70) である (括弧内の数字は出現頻度)。それぞれの子音のペアで，一つの特徴のみが違っていることがわかる。

　(70) a.　[voice] の値のみ違っているもの
　　　　　[s]~[z] (9)　　　[t]~[d] (7)

b. 調音点のみ違っているもの
[t]~[k] (10)　　[p]~[k] (8)　　[p]~[t] (5)
[b]~[d] (3)　　[v]~[ð] (7)
c. 調音点のみ違っているもの：鼻音
[m]~[n] (94)　　[n]~[ŋ] (21)
d. [continuant] の値のみ違っているもの
[d]~[z] (14)
e. [nasal] の値のみ違っているもの
[l]~[n] (2)　　[d]~[n] (2)　　[p]~[m] (2)

(70) の例においては，それぞれのペアで子音の素性が一つのみ違っていることがわかる。たとえば，(70a) の [s]~[z] では，ほとんどの素性の値が一致しているが，[voice] のみ値が違っている ([s] は [−voice] で [z] が [+voice])。また，(70c) の [m]~[n] では，[+coronal] ([n]) と [−coronal] ([m]) の部分が決定的な違いである。

Hanson (2003: 317) が提示している Pinsky の詩における assonance は，調査した 1470 組のうち 128 例で，かつ，ロックの歌詞に比べて分布がかなり限定されたものになっている。具体例は (71) である。

(71) a. [voice] の値のみ違っているもの
[s]~[z] (106)　　[t]~[d] (8)　　[f]~[v] (4)
[ʃ]~[ʒ] (2)
b. 調音点のみ違っているもの
[m]~[n] (2)

(71) の例の場合も，各組において素性が一つだけ違っていることが明らかである。

このように，「不完全脚韻」のうちの assonance については，脚韻に関与する ...VC]$_{\text{WORD}}$ という連鎖 (V = 母音，C = 子音) において V の音価が同じで語末の子音の素性の違いが最小限のもの同士の脚韻，として分析して支障がない現象である。

4.8. まとめ

本章では，近代英詩以降の脚韻の問題のうち，「不完全脚韻」の一種である consonance に焦点をあてて，その規則性を議論した。「不完全脚韻」は不完全なのではなく，詩人ごとの違いやジャンルの違いを超えて，音韻体系を基礎とした規則性があるものであることを明らかにした。具体的には，consonance における母音の音価の違いは表面的なものに過ぎず，抽象的レベルでは「同じもの」とみなすか「近い関係にあるもの」としてみなすべきものであることを明らかにした。

なお，この章で扱った consonance の場合，語末の子音が同一のものであるため，「子音の一致による脚韻」と解釈する向きもあるが，その解釈は誤りである。母音の音価が違っている consonance の場合であっても，脚韻はあくまで母音とそれ以降の子音の「一致」があると解釈すべきだと考えられる。つまり，consonance の場合であっても，母音が脚韻に関与しており，抽象的なレベルでの一致もしくは類似により脚韻が成立しているのである。

第 5 章

英詩の詩行構成と統語構造，音韻構造

第1章と第2章で述べたとおり，行は詩の基本単位であり重要な役割を果たす。それゆえ，行構造に関して多くの研究が発表されてきた。特に古英語と中英語の頭韻詩の詩行構成については，多くの研究がある。しかし，近代英詩以降の詩行構造に関しては，議論は活発であるとは言えない。理由は，詩行構造は詩形ごとに音節数や強勢数を優先して決定され，第2章で触れた無韻詩の「句またがり」のような例外はあるにせよ，詩行末はある種の言語単位の右端に対応する，という考えが暗黙のうちにあるからであると考えられる。しかし，詩行末がどのような言語単位に対応するのか，かならずしも明らかになっていない。詩行の右端が，句，節，文などの統語単位の右端に対応するのか，それとも意味単位や音韻単位の右端に対応するのか，明らかではない。

　詩行は日常の言語活動には関係がなく，詩に特有な構造であるため，詩行構造の決定には言語構造は関与しないと考えることも不自然なことではない。しかし，第3章と第4章で明らかになったように，詩の韻律や押韻の最終決定には，詩人の統語知識や音韻知識が最大限活用されている。詩の韻律や押韻の決定に詩人の言語能力が関与するという見解が妥当なものならば，詩行構造の決定にも詩人の言語能力が関与しているか否か検討することは価値のないことではない。この章では，近代英詩以降の詩行構造と統語構造や音韻構造などとの対応関係の有無を，実例に即して検討することにしたい。

5.1. 近代英詩以降の詩行構成の「原則」と「例外」

第2章でも述べたように,近代英詩以降の詩形には弱強五歩格を中心にしてさまざまなものがあるが,詩行構造は,詩形ごとに決まる行の音節数や強勢数と次の (1) の原則に従っていることが前提とされてきた。

(1) 詩行の右端は統語単位である節 (clause) の右端と一致する。

この原則に従って,詩行の右端と節の右端と一致している詩行のことを行末終止行 (end-stopped line) と呼ぶ。具体例として,弱強五歩格の脚韻詩である Shakespeare の詩行をふたたび見てみよう。

(2) a. His tender heir might bear his memory:
   (彼の優しい跡継ぎに彼の面影があるかもしれない)

   (*Sonnet* 1, 4)

   b. So they are dew'd with such distilling showers
   (そしてそれらは滴り落ちる雨でぬれている)

   (*Venus and Adonis*, 66)

(2) はいずれも詩行が主節と一致している例で,詩行の右端は主節の右端と一致している。

このように,詩行の右端が統語単位である節の右端と一致するように構成されている例は,多数にのぼる。特に,上述の Shakespeare の弱強五歩格で作詩された脚韻詩 (*Sonnets* や *Venus and Adonis* など) では,その傾向が顕著である。具体例として,

Shakespeare のソネット 2 の全体を見てみよう。

(3) When forty winters shall besiege thy brow,
And dig deep trenches in thy beauty's field,
Thy youth's proud livery, so gazed on now,
Will be a tattered weed of small worth held:
Then being asked, where all thy beauty lies, 5
Where all the treasure of thy lusty days,
To say, within thine own deep-sunken eyes,
Were an all-eating shame and thriftless praise.
How much more praise deserved thy beauty's use
If thou couldst answer, 'This fair child of mine 10
Shall sum my count, and make my old excuse',
Proving his beauty by succession thine:
　 This were to be new made when thou art old,
　 And see thy blood warm when thou feel'st it cold.
（四十年の歳月がむらがりよせ，きみの顔を包囲して
その美しい戦場にふかい塹壕をほってしまえば，
いま，みんなが見とれているきらやかな青春の装いも，
ろくに価値のないぼろ服同然としかみてもらえなくなる。
そうなってから，あなたの美はいったいどこにあるのか，
あの若い頃の宝は，みんな，どこへやったのかとたずねられて，
この深く落ちくぼんだ眼の中に，なんて答えるのは，
恥っさらしもいいところ，むなしい自讃でしかあるますい。
でもかりに，「この美しいわが子こそ，わが富の総決算，
私が老いるまで生きた理由です」とこう答えられるなら，

君の美の投資は，はるかに賞讃にあたいする行為になる。

子供の美貌がきみのを相続したこともはっきりする。

　これこそ，きみが老いたときにあたらしく生まれかわること，

　血が冷えきったときに，暖かい血が脈うつのをみることです。)

　　　　　(高松雄一訳，シェイクスピア『ソネット集』，岩波文庫)

　Shakespeare のソネットは，第 2 章で紹介したとおり，English sonnet と呼ばれる形式で 4 行連×3＋2 行の合計 14 行から構成され，弱強五歩格の韻律と ababcdcdefefgg という脚韻の型で構成されている。(3) では，ほとんどの行末が節末に対応しており，(1) に従っている。ところが，7 行目と 10 行目の右端は節末に対応していない。これらの行の右端は，前置詞句と主語名詞句の右端に対応しており，「句またがり」(enjambment) が生じている。第 2 章で触れたとおり，「句またがり」は，無韻詩で頻繁に観察される現象であると言われてきたが，脚韻詩にも生じる。

　脚韻詩でも「句またがり」が生起することから，弱強五歩格の詩行の右端は，かならずしも節の右端に対応するわけではないことがわかる。それゆえ，弱強五歩格の詩行は，音節数の条件 (10 音節) だけを満たせばよいようにも見える。そして，詩行構造が音節数だけで決まるならば，言語単位は詩行構造の決定には関与しないことが予測される。

　しかし，近代英詩の詩行構造と言語単位の対応関係については，例外的とみなされてきた「句またがり」も含めて，今まで本格的な検討さえもされてこなかった。それゆえ，近代英詩の詩行

構造と言語単位の間の対応関係の有無について，詳細に検討する必要がある。次節以降，詩行構造の決定に関する言語構造の関与の有無について，Emily Dickinson（以下，Dickinson）の詩における「句またがり」を出発点として，詩行構造の決定に言語単位が関与することを明らかにする。

5.2. 脚韻詩における「句またがり」： Emily Dickinson の場合

Dickinson の詩には，第3章で言及した韻律の特異性と第4章で言及した脚韻の特異性に加えて，詩行の構成にも他の詩人にない特徴がある。もっとも顕著な特徴は，Dickinson の詩には，脚韻詩にもかかわらず，常識的な予測に反して多様な「句またがり」が観察されることである。

Dickinson の詩における「句またがり」が彼女の詩の文体の重要な要素の一つであることは，彼女の詩の文体研究において当初から指摘されてきた。しかし，今までの Dickinson の文体研究では，「句またがり」の個別の例の詳細な解釈のみに焦点があり，Dickinson の詩全体における「句またがり」の型の多様性の記述もされず，「句またがり」の可否を決定している原則もほとんど明らかにされていない。

このような状況ゆえ，まずは Dickinson の詩における「句またがり」の実例を文構造と関連させながら，Okazaki (2011) の記述に基づき整理する。「句またがり」の最初の型は，詩行が主語で終わる例である。具体例を (4) に挙げる。この型はもっとも頻繁に観察される (224例 (Okazaki (2011: 138)))。

(4) a. For mine, I tell you my Heart
   Would split, for size of me —　　　　　　(336.7-8)
   (私の物にとっては，言っておくが私の心が
   私の大きさのために裂けるだろう)

   b. The Grave — was finished — but the Spade
   Remained in Memory —　　　　　　(886.15-16)
   (その墓は，完成しました。しかし，墓掘り用の踏みすきは
   記憶に残りました)

(4a) の my heart と (4b) の the spade が主語名詞句である。いずれの場合も，当該名詞句が生じる行の右端は節末には対応していない。(4) の例でより興味深いのは (4a) である。my heart は that 節の主語であり，当該行は従属節の主語で終わっている。

　Dickinson の詩の「句またがり」の第二の型は，詩行が他動詞・目的語の連鎖の他動詞で終わる場合である。このような詩行も多数観察される (105 例 (Okazaki (2011: 139)))。

(5) a. No other can reduce
   Our mortal Consequence　　　　　　(738.1-2)
   (他のだれ一人として死を
   なくすことはできない)

   b. I thought you'd choose
   A Velvet Cheek　　　　　　(1054.3-4)
   (あなたがヴェルベットの頬を
   選ぶと思った)

(5a) では，reduce が動詞で，our mortal consequence がその目

的語である。(5b) では，choose が動詞で，a velvet cheek が目的語である。いずれの場合も，詩行の右端は節末にも句末にも対応していない。

Dickinson の詩では，詩行が(法)助動詞で終わる場合もあり，61 例観察される (Okazaki (2011: 140))。具体例が (6) である。

(6) a.　The Magnitude thou may
　　　　Enlarge my Message — If too vast　　　(673.15-16)
　　　　(その大きさ，あなたは私のメッセージを
　　　　大きくするかもしれない——もし広すぎるなら)
　　b.　It is enough, the freight should be
　　　　Proportioned to the groove.　　　　　(1747.3-4)
　　　　(荷物を型に当てはめれば
　　　　十分だ)

この場合も，それぞれの例の 1 行目の行末は文の途中で終わり，節末に対応していない。

Dickinson の「句またがり」の第四の型は，行末が前置詞・目的語の連鎖の前置詞で終わる場合である。この種の例は 38 例ある (Okazaki (2011: 140))。

(7) a.　Except as stimulants — in
　　　　Cases of Despair —　　　　　　　　(560.5-6)
　　　　(絶望した時に刺激剤に
　　　　なる場合は除いて)
　　b.　Death is a Dialogue between
　　　　The Spirit and the Dust.　　　　　　(973.1-2)

（死とは対話である，
　　魂と塵の間の）

　(7)のそれぞれの例の1行目の行末には前置詞句の主要部の前置詞があり，目的語が次行の行頭にある。当該行の行末は節末に対応していない。

　以上の4種類の「句またがり」のほかに，関係代名詞，関係副詞が右端にある行（(8)）が7例（Okazaki (2011: 140)），複合名詞句の第一要素が右端にある行（(9)）が2例（Okazaki (2011: 140)），冠詞などの決定詞（determiner）が右端にある行（(10)）が3例ある。

(8) a.　The Glimmering Frontier that
　　　　Skirts the Acres of Perhaps ―　　　　　　(725.6-7)
　　　（多くの推測を回避する
　　　　ぴかぴか光る先端分野）
　　b.　But Andes ― in the Bosoms where
　　　　She had begun to lie.　　　　　　　　　　(897.7-8)
　　　（しかしアンデス山脈―その胸の中に
　　　　彼女が横たわりはじめたのだが，）
(9)　　Inheritors opon a tenure
　　　　Prize ―　　　　　　　　　　　　　　　(1059.7-8)
　　　（在職賞の継承者たち）
(10) a.　Whose table once a
　　　　Guest but not　　　　　　　　　　　　(1702.3-4)
　　　（そのテーブルはかつて
　　　　客人であって別の人ではない）

  b. Long Years apart — can make no
    Breach a second cannot fill —   (1405.1-2)
    (長い年月ののち——断絶は
    1秒の時間も満たすことはできない)

　興味深いことに，詩行が名詞句の途中で終わっている例は，(9) や (10) のような例だけではない。名詞句の修飾語である形容詞が行末にあり，主要部の名詞が次の行にある例もある（11 例 (Okazaki (2011: 140))）。

(11) a. Feather by feather — on the plain
    Fritters itself away!   (162.5-6)
    (羽毛また羽毛——平原で
    粉々なる)
  b. Division is Adhesion's forfeit — On High
    Affliction but a speculation — And Wo   (997.2-3)
    (区別は癒着への罰金だ——高くつく
    苦痛だが思索でもある——ああ)
(12) a. There added the Divine
    Brief struggle for capacity   (1269.6-7)
    (新たに追加されたのは神聖だが
    簡潔な能力を求める闘い)
  b. Would decorate Oblivion's
    Remotest Consulate —   (1544.6-7)
    (忘れ去られたもっとも遠い場所にある
    領事館が飾り付けられるであろう)

(11) では，名詞の直前の形容詞が詩行の右端にあり，(12) では，二つある修飾語のうちの最初のものが詩行の右端にある。いずれの例でも，当該行の右端が節末にも句末にも対応していない。

Dickinson の詩における「句またがり」の最後の型は，行の右端に接続詞がある場合である (Okazaki (2011: 140-141))。等位接続詞 ((13)) が行末にある例が 9 例，従属接続詞 ((14)) が行末にある例が 29 例ある。

(13) a. 'Tis Dying — I am doing — but
　　　　I'm not afraid to know —　　　　　　　　　(716.15-16)
　　　　（それ（魂）が死にかけて——私は生きている
　　　　——しかし私は知ることを恐れない）
　　 b. Confirms it at it's entrance — And
　　　　Usurps it — of itself —　　　　　　　　　　(840.3-4)
　　　　（それ（愛）をその始まりに承認する——そして
　　　　それを強引に手に入れる——それ自体を——）
(14) a. And now I know 'twas Light, because
　　　　I fitted them, came in.　　　　　　　　　　(996.7-8)
　　　　（そして今私はそれが光だと知る，というのも
　　　　私はそれらに相応しい，中に入った）
　　 b. The summer than the Autumn — lest
　　　　We turn the Sun away　　　　　　　　　　　(1341.3-4)
　　　　（秋よりも夏——ただ
　　　　我々が太陽を歓迎しないなら別だが）

接続詞は節頭にある要素であり，(13) と (14) の各例では，1 行目の行末が節末に対応していない。

以上のように，Dickinson の詩には，行末終止行のほかに多様な型の「句またがり」の詩行がある。この多様性ゆえ，Dickinson の詩の「句またがり」の事実は，一般化を拒むように見える。事実，Dickinson の文体研究では，詩行構成についての一般化は提案されていない。また，Shakespeare の脚韻詩などの詩行構成の方法と比較すると，Dickinson の詩の詩行構成は，同じ脚韻詩にもかかわらず，全く別物であるように見える。

5.3. Dickinson の詩における「句またがり」の規則性

　前節で提示した Dickinson の詩における「句またがり」の事実は，確かに，表面的には他の多くの詩人の詩行構成と異質で，混沌としているように見える。しかし，Dickinson の詩の行末が節末と一致していない場合が多いという事実が，ただちに詩行構造と言語構造との規則的な対応関係がないことを意味することにはならない。Dickinson の詩の「句またがり」には，表面の混沌とした印象とは違い，明確で簡潔な規則性が潜んでいる。

　結論から述べれば，Dickinson の詩行の区切り方については，次の一般性がある (Okazaki (2011))。

(15) Dickinson の詩行の右端は，可能な音調句 (Intonational Phrase (以下，IPh)) の右端に対応する。

Dickinson の詩作法は，詩行を区切る際に統語構造に対応する区切り方はしていないが，音韻構造の一つである音調句に対応する区切り方をしているという点で極めて規則的である。しかも，Dickinson の詩行は，「句またがり」の多様性から生じる見かけの

複雑さとは違い,極めて単純な原則に基づき構成されている。

(15) の一般化が妥当か否か,実例に即して検討する。まず,詩行の右端に主語がある場合だが,英語の主語はそれ自体で音調句を形成することが可能で,主語自体が音調句を形成した場合には,直後に休止が置かれる ((16))。(// は音調句の境界 (=休止の位置) を示す。)

(16)　Mary//preferred his first book.
　　　　（メアリーは彼の最初の本のほうが好みだった）

(Taglicht (1998: 191))

主語と音調句の関係でさらに興味深い事実は,次の (17) の事実である。

(17) a.　THEY//are doing their best.　　　　　　(ibid.: 200)
　　　　（彼らは最善を尽くしている）
　 b.　I know that Mary//preferred his first book.
　　　　（メアリーが彼の最初の本のほうが好みだったのを知っている）　　　　　　　　　　　　　　　　　　　　　(ibid.: 192)
　 c.　I think THEY//changed their MINDS.
　　　　（思うに彼らは心変わりをした）

(ibid.: 199)

(17a) は,主語が代名詞でアクセントが置かれれば,直後に休止を置くことができることを示している。(17b) と (17c) の事実は,さらに興味深い。従属節の主語の直後にも休止を置くことも可能である。

(16) と (17) の事実から,(4) では,それぞれの1行目の右端

は可能な音調句の右端に対応していることになる。たとえば，(4b) の場合には，概略 (4b′) に示されているような構造をしている。

(4) b′.　The Grave — was finished — [$_{IPh}$ but the Spade]
　　　　　[$_{IPh}$ Remained in Memory—]

次に，動詞・目的語の連鎖と音調句の関連をみる。英語では，(18) のように，目的語自体が音調句を形成し，その直前に休止を置くことが可能である。

(18) a.　Harry disliked//organization.

(Jackendoff (1987: 329))

（ハリーは組織嫌いだった）

　　 b.　Chickens were eating//the remaining green vegetables.　　　　　　　　(Fitzpatrick (2001: 548))

（ニワトリたちは残りものの緑色野菜を食べていた）

(18) を前提にすると，(5) では 1 行目の右端が可能な音調句の右端に対応している。たとえば，(5a) の場合，概略 (5a′) に示すような構造となる。

(5) a′.　[$_{IPh}$ No other can reduce]
　　　　[$_{IPh}$ Our mortal Consequence]

次に，(法)助動詞の場合を考える。(法)助動詞は，(19) にあるように，アクセントを担う場合は直後に休止を置くことが可能である。

(19) a. They COULD//do it quite EASILY.

(Taglicht (1998: 200))

(彼らはそれをいとも簡単にできた)

b. They ARE//doing their best. (ibid.)

(彼らは最善を尽くしている)

c. They HAVE//done their best. (ibid.)

(彼らは最善を尽くした)

この事実から,(6) の場合も,(6a′) で例示されているように,1行目の右端は可能な音調句の右端に対応している。

(6) a′. [IPh The Magnitude thou may]
[IPh Enlarge my Message] — If too vast

さらに,(6) では,行末の(法)助動詞は脚韻語として機能しており,2行あとの Thee と「不完全脚韻」ながら脚韻のペアをなす。それゆえ,may は強勢を担い強形で発音され (may [méi]: Thee [ðíː] と脚韻),(19) の事実とも合致すると考えられる。

法助動詞と同様に通常弱形で発音される前置詞についても同じことが当てはまる。(20) と (21) に示されているように,英語では,前置詞の直後に休止を置くことが可能である。しかも,(21)のように前置詞自体にアクセントがある場合がある。

(20) *The Sesame Street* is the production of//the Children's Television Workshop.

(Jackendoff (1987: 329))

(『セサミストリート』は,Children's Television Workshop の制作です)

(21) He's a collector OF//STRÁNGE ánimals.

(Fitzpatrick (2001: 557))

（彼はめずらしい動物の収集家だよ）

(20) と (21) の事実から，(7) の場合にも，次の (7b′) に示すように，前置詞で終わっている 1 行目の右端は，可能な音調句の右端と対応している。

(7) b′. [IPh Death is a Dialogue between]
　　　 [IPh The spirit and the Dust].

以上のように，主語名詞句，動詞，（法）助動詞，それに前置詞が右端にある詩行については，詩行の右端は可能な音調句の右端と一致する，という一般化が無理なく当てはまる。少なくとも Dickinson は，自分の詩行の右端が音韻構造の一つである音調句の右端と一致するように作詩したことが明らかである。詩行構造が可能な音韻構造と厳密に対応するように作詩している詩人が，少なくとも一人はいることになる。

「詩行の右端⇔可能な音調句の右端」という対応関係は，Dickinson の詩における他の「句またがり」の型にも当てはまる。(22)–(25) に示されているように，英語では，条件が満たされれば，関係詞の直後，複合語の途中，名詞句内の限定詞の直後，それに名詞句を修飾している形容詞要素の直後に休止を置くことができる。

(22) a.　I was programming in Pascal which//really wasn't exciting//I'm afraid.

(Dehé (2009: 589))

(私はパスカルでプログラミングを実行していた。本音を言えば、ほんとうにわくわくする仕事ではなかったよ)

   b. led into the whitewashed corridor//FRÓM whích//the three bedrooms opened. (Fitzpatrick (2001: 553))

(白く塗られた廊下に入った。そこは、三つの寝室に通じていた)

(23) a. In fourteenth century//alliterative verse
     (14世紀の頭韻詩) (Taglicht (1998: 192))

   b. This OLD//lambswool PULLOVER//is quite USEFUL. (Taglicht (1998: 200))

(この古いラムウールのプルオーバーは非常に役に立つ)

(24) They don't HAVE HIS//unlimited PATIENCE.

(Taglicht (1998: 200))

(彼らは彼とは違い、いくらでも我慢できるわけではない)

(25) a. the larger//more expensive models

(Taglicht (1998: 190))

(そのより大きく、より値段が高い型)

   b. these international//linguistic conferences

(Taglicht (1998: 192))

(これらの国際的な言語学の学会)

(22)–(25) の事実から、(8)–(11) のそれぞれの例の1行目の右端は、可能な音調句の右端と一致することになる。代表例として、(8a) と (11a) の大まかな音調句構造を (8a′), (11a′) として示す。

(8) a′. [$_{\text{IPh}}$ The Glimmering Frontier that]

[IPh Skirts the Acres of Perhaps —]
(11) a′.　Feather by feather — [IPh on the plain]
　　　　[IPh Fritters] itself away!

さらに，英語では，接続詞の直後にも，条件が整えば，等位接続詞か従属接続詞かを問わず，休止を置くことが可能である。

(26)　On this theory and//it's very deeply held//good education news//is by definition　　　　(Dehé (2007: 275))
　　（この理論によると，そして十分に考えられているのは，よい教育ニュースとは定義上）

(27)　... Because//Í felt kind of//spácy　　(Chafe (1994: 133))
　　（私は夢うつつのような気がしたので）

(26) と (27) から，接続詞が詩行の右端にある場合も，「詩行の右端⇔可能な音調句の右端」という対応関係が無理なく当てはまることがわかる。(13b) と (14a) の構造を以下に示す。

(13) b′.　[IPh Confirms it at it's entrance — And]
　　　　[IPh Usurps it — of itself —]
(14) a′.　[IPh And now I know 'twas Light, because]
　　　　[IPh I fitted them, came in].

以上，Dickinson の詩行は「詩行の右端⇔可能な音調句の右端」という原則に基づき作詩されているということを示した。上記の原則は，実は，「句またがり」の詩行のみではなく，行末終止行にも当てはまる。具体例として，(28) を検討する。

(28)　[IPh He put the Belt around my life —]

[IPh I heard the Buckle snap —]　　　　　　　　　(330.1-2)

（彼は私の人生を帯で縛った—

私は帯の留め金が締まるのを聞いた）

この例では，1行目も2行目も主節に対応し，行末は節末に対応している。そして，これらの詩行でも，行の右端が音調句の右端に対応している。英語においては，「節末⇔可能な音調句末」という対応関係が無理なく成立するからである。

5.4. Dickinson の詩行構成の意味合い

　Dickinson の詩行は「詩行の右端⇔可能な音調句の右端」という原則に従って構成されているという結論には，少なくとも二つの意味合いがある。

　まず，英詩の詩行構成の方法について意味合いがある。Dickinson の詩で行末終止行も「句またがり」の行も右端は音調句の右端に対応するならば，行末終止行が多数を占める Shakespeare などの弱強五歩格の脚韻詩の行末も可能な音調句末に対応することになる。この一般化が妥当ならば，Dickinson の詩行は，Shakespeare などの詩人の詩行と違うように見えるが，違いは表面的なものに過ぎないことになる。詩行構成については，少なくとも Dickinson と Shakespeare の間には，音節数の違いこそあれ，本質的な違いは全くない，という結論が導きだされる。

　また，「句またがり」が多数観察される近代英語期の無韻詩の詩行についても，「詩行の右端⇔可能な音調句の右端」という視点から見直すことができる。第2章で挙げた *Paradise Lost* の詩行構

成も,Dickinson の詩行構成の方法と本質的な違いはないと考えられる。詩行の右端に置かれている要素は,可能な音調句の右端に出現可能な要素である,という一般化が可能である。

すでに第 2 章で指摘したように,*Pardise Lost* では,詩行が従属節の主語,他動詞,名詞句の途中,副詞で終わっている例が観察される。(29) に,第 2 章の (14) に提示した *Paradise Lost*, Book I の冒頭の 16 行からの具体例を挙げる。

(29) a. 従属節の主語 (ll. 2-3)

    Of that forbidden tree, whose mortal taste
    Brought death into the world, and all our woe,

  b. 他動詞 (ll. 6-7)

    Of Oreb, or of Sinai, didst inspire
    That shepherd, who first taught the chosen seed,

  c. 名詞句の中間の名詞 (ll. 1-2)

    Of man's first disobedience, and the fruit
    Of that forbidden tree, whose mortal taste

  d. 副詞 (ll. 12-13)

    Fast by the oracle of God; I thence
    Invoke thy aid to my advent'rous song,

従属節の主語と他動詞は,(17) と (18) ですでに見たように,音調句の右端に出現可能な要素である。次に,(29c) は,行末が [$_{NP}$ Det N_1 [$_{PP}$ P [$_{NP}$ Det N_2]]] という形式の名詞句の N_1 で終わっている例である。英語では,(30) に示すように,N_1 の後に休止を置くことが可能であるため,N_1 は,可能な音調句の右端にある要素であることになる。

(30)　*The Sesame Street* is the production//of the
　　　Children's Television Workshop.

(Jackendoff (1987: 329))

　　　(『セサミストリート』は，Children's Television Workshop の
　　　制作です)

最後に，thence などの副詞要素も，英語では (31) に示すように副詞要素の直後に休止を置くことが可能であり，音調句の右端に出現可能な要素である。

(31) a.　Mary, to my surprise,//preferred this book.

(Taglicht (1998: 197))

　　　(メアリーは，驚いたことに，この本が好みだった)
　　b.　Peter though//preferred the other one.

(Taglicht (1998: 197))

　　　(ピーターは，しかし，他のものを好んだ)

このように，近代英語期の無韻詩における「句またがり」についても「詩行の右端⇔可能な音調句の右端」という視点から一般性を導ださせる可能性が高い。

　Dickinson の詩の詩行構成は「詩行の右端⇔可能な音調句の右端」という原則に従っているという結論のもう一つの意味合いは，詩行構成と詩人の言語能力に関するものである。Dickinson の詩における「詩行の右端⇔可能な音調句の右端」という対応関係は，Dickinson が自分の音調句にかかわる言語直観を最大限利用して作詩をしていたということを意味する。詩行は日常の言語活動とは無関係だが，その構造は言語構造により規制されている

ことになる。

　Dickinsonが詩行構成決定の際に音調句の言語直観を最大限利用していたと考えられることに関連して，興味深い事実がもう一つある。それは，Dickinsonの詩における「句またがり」の詩行の型の出現頻度に偏りがあり，可能な音調句の型の「出現頻度」と相関関係があるという事実である。「出現頻度」が高い音調句型に対応する「句またがり」の詩行ほど出現頻度が高い。

　行末の要素が主語，他動詞，（法)助動詞，前置詞である詩行は出現頻度が高い（それぞれ，224例，105例，61例，38例）。それに対して，それ以外の要素（関係代名詞，関係副詞，限定詞，名詞を修飾する形容詞，接続詞）が行末にある詩行は出現頻度が低い。従属接続詞が行末にある29例を除き，すべて出現頻度10例前後である。

　この「出現頻度」の偏りは，音調句構造の「出現頻度」と相関関係がある。主語，他動詞，（法）助動詞，前置詞の直後に休止がある音調句型は，休止の直後にある音調句が統語句に対応している。音調句と統語構造の間に，ある程度透明な対応関係があり，対応関係の「複雑度」が低く「出現頻度」が高い。それに対して，関係代名詞，関係副詞，決定詞，名詞修飾の形容詞などの直後に休止がある場合には，休止に続く音調句が統語句に対応しない場合があり，対応関係の「複雑度」が高い。少なくともDickinsonの詩においては，音調句と統語構造の関係の「複雑度」とそれに伴う「出現頻度」の差が，「句またがり」の分布の偏りに忠実に反映されている。この点においても，Dickinsonは自分の音調句の直観を最大限利用して詩作していたと考えざるをえない。

5.5. 他の詩人の脚韻詩における「句またがり」

脚韻詩において「句またがり」を多用している詩人は Dickinson に限られるわけではない。ここでは,「句またがり」を多用している Dickinson 以外の詩人の例として,John Donne(以下,Donne)の詩を取り上げる。

結論から述べれば,Donne の「句またがり」の型は,Dickinson の「句またがり」の型と同じで,「詩行の右端⇔可能な音調句の右端」という原則に従っていると考えられる。以下,(32)-(39) に具体例を示す。

(32) 主語名詞句

a. *Moyst with one drop of thy blood, my dry soule*
 Shall (though she now be in extreme degree
 (あなたの血の滴りで,私の乾き切った魂を ...
 (私の魂は極度の乾きによって ... としても))

　　　　　　　　　(湯浅信之編『対訳ジョン・ダン詩集』岩波文庫)
　　　　　　　　　(*La Corona* VI, 1-2)

b. They kill'd once an inglorious man, but I
 Crucifie him daily, being now glorified.
 (ユダヤ人たちは,かつて貧しい男を殺したに過ぎないが,
 私は,毎日,今や栄光に溢れるあの方を十字架にかける)

　　　　　　　　　(湯浅信之編『対訳ジョン・ダン詩集』岩波文庫)
　　　　　　　　　(*Holy Sonnet* XI, 7-8)

(33) 他動詞

a. Too subtile: Foole, thou didst not understand

The mystique language of the eye nor hand:
(極めて繊細だ。かわいそうに，あなたは理解していない
目や手の神秘的なことばを)　　　　　　　(*Elegie* VII, 3-4)

 b. Starres, and wisemen will travel to present
Th'effect of *Herods* jealous general doome.
(星々や，博士たちが，旅をしてくることになるだろう。
そして，ヘロデ王の妬みからでる裁きを予知するだろう)

(湯浅信之編『対訳ジョン・ダン詩集』岩波文庫)

(*La Corona* III, 7-8)

(34)　(法)助動詞
 a. But, shall my harmlesse angels perish? Shall
I lose my guard, my ease, my food, my all?
(しかし私の無害な天使たちはいなくなるのか？　私は自分の
護衛，安心，食べ物，すべてを失うのか？)

(*Elegie* XI, 49-50)

 b. Become great seas, o'r which, when thou shalt bee
Forc'd to make golden bridges, thou shalt see
(大海になる。そこで，あなたが黄金の橋を
作らされた時に，あなたは目にする)

(*Satyre* V, 53-54)

(35)　前置詞
 a. I'll goe, and, by thy kinde leave, leave behinde
Thee, onely worthy to nurse in my minde,
(私は去る，そしてあなたの親切な身の引き方で，
自分の心中で看護する価値のあるものをあなたに残す)

(*Elegie* XVI, 15-16)

第5章 英詩の詩行構成と統語構造，音韻構造

    b. Springs; now full, now shallow, now drye; which, to
        That which drownes them, run: These selfe reasons
        do
        （泉，今や水をたたえ，浅く，干上がり，それは，
        それらを溺れさせるものにとって，流れる。それらの理由が
        かならず）

                                                      (*Satyre* V, 15-16)

(36) 関係詞

    調査した範囲ではない

(37) 名詞句の修飾語

    a. Shall these twelve innocents, by thy severe
        Sentence (dread judge) my sins great burden beare?
        （これら 12 名の無実の人たちは，あなたの厳しい
        判決により私の罪の大きな重荷を背負うのか？）

                                                      (*Elegie* XI, 17-18)

    b. Colder than Salamanders, like divine
        Children in th'oven, fires of Spaine, and the line
        （サンショウウオより冷たく，かまどのなかの
        神聖な子供たちのように，スペインの火，そして線）

                                                    (*Satyre* III, 23-24)

(38) 決定詞

    a. And whispered by Jesu, so often, that A
        Purservant would have ravish'd him away
        （そして，しばしばイエスによりささやかれた，
        ... は自分をうっとりさせるだろう，と）

                                                   (*Satyre* IV, 215-216)

b. From Greece, Morea were, and that by some
Earthquake unrooted, loose Morea swome,
(ギリシヤからペロポネソス半島が(切り離されたなら),地震により切り離され,ペロポネソス半島は自由になる)

(*The Progresse of the Soule* XXXI, 4-5)

(39)　接続詞
a. Than carted whores, lye, to the grave Judge; for
Bastardy abounds not in Kings titles, nor
(荷馬車で厳粛な判事のもとへ運ばれた尻軽女よりも,というのも
私生児の出産は王の座によくあることではないし,…でもない)

(*Satyre* II, 73-74)

b. Or, as we paint Angels with wings, because
They beare Gods message, and proclaime his lawes,
(もしくは,我々が羽のある天使を描くように,というのも
彼らは神のメッセージを託され,神の法律を示すから,)

(*To Mr. Tilman After He had Taken Orders*, 19-20)

(32)-(39)の該当する行の右端にある語は,Dickinsonの詩の場合と同様に,可能な音調句の右端に出現可能な要素であると解釈され,「詩行の右端⇔可能音調句の右端」という一般化が無理なく成立する。Donneも,弱強五歩格の詩行自体の構造に加えて,自分の言語能力の一部である可能な音調句の知識を最大限に利用して作詩をしたと考えられる。

5.6. アメリカ自由詩における「句またがり」

Donne のほかに「句またがり」が多く観察される詩の例として，アメリカ自由詩を取り上げる。アメリカ自由詩は，第2章でも述べたとおり，アメリカ合衆国の詩人により作詩された伝統的な詩形から離れ，時には実験的な詩形を用いて作詩された詩の総称である。

アメリカ自由詩については，詩行の構成も含めた形式と内容について，特に文学研究の分野において，多くの論考が出版されている。しかし，詩行の構成と言語構造の対応関係については，一部の論考 (Hartman (1980) など) で部分的に論じられている場合を除いて，議論がされていない。アメリカ自由詩の詩行の形式については，表面的な特異性と内容との関連が強調されることが多く，背後にある形式的な規則性については，あまり注目されてこなかった。

ここでは，アメリカ自由詩の詩人から William Carlos Williams (1883-1863) (以下，Williams) と Robert Creeley (1926-2005) (以下，Creeley) の詩における「句またがり」を取り上げる。結論から述べれば，この二人の詩人の「句またがり」の型も Dickinson の型と同じで，「詩行の右端⇔可能な音調句の右端」という原則に従っている。

以下，(40)-(50) に具体例を示す。それぞれの例で (a) の例が Williams の詩からの例 (Tomlinson ed. (1985) より) で，(b) の例が Creeley の詩からの例 (Creeley ed. (1982) より) である。

(40) 主語名詞句

    a. where the new grass

       flames as it flamed

       (あたらしい草が

       燃えるのは以前燃えた際に)

                                   (*The Widow's Lament in Springtime*)

    b. Dark inside, the candle

       lit of its own free will, the attic

       groaned then, the stairs

       (中は暗く，蝋燭が

       自由意思で灯り，屋根裏部屋は

       その時苦悶の声を発し，階下では)   (*Somewhere*)

(41) 動詞

    a. They have grown tall. They hold

       pink flames in their right hands.

       (彼らは成長して大きくなった。彼らは

       右手にピンクの炎を握っている)   (*The Lonely Street*)

    b. She said she saw

       a small bird.

       (彼女は言った小さい鳥を

       目にしたと)   (*The Bird*)

(42) (法)助動詞

    a. Williams の詩には実例なし。

    b. yellow color is

       going to

第5章　英詩の詩行構成と統語構造,音韻構造　　169

　　　　fall. It
　　　　(黄色が
　　　　これから

　　　　落ちる。それは) 　　　　　　　　　　　　　　(*The Window*)
(43)　前置詞
　　a.　The red brick monastery in
　　　　the suburbs over against the dust-
　　　　(赤い煉瓦の館修道院
　　　　郊外で塵に抗して) 　　　　　　　　　　　　(*The Semblables*)
　　b.　What do they put in the graves of
　　　　dissatisfied men?
　　　　(彼らは墓に何を手向けるのか
　　　　不満を持ちながら死んだ男たちの) 　　　　　　(*Yellow*)
(44)　関係代名詞
　　a.　supine to the wind which
　　　　cannot waken anything
　　　　(何も起こすことができない風に
　　　　無関心) 　　　　　　　　　　　　　　　　　(*The Storm*)
　　b.　is the possibility which
　　　　surrounds her as hair
　　　　(... は可能性。それは
　　　　髪の毛として彼女のまわりにある)

　　　　　　　　　　　　　　　(*Air: "The Love of a Woman"*)
(45)　複合名詞の第一要素
　　a.　grabbing all but the bride

    hands folded in her
    (花嫁のおりたたまれている両手を
    いきなり掴み)　　　　　　　　(*Pictures from Brueghel*)
  b. water a Sunday
    morning God will
    (日曜の朝に水をかけ
    神は)　　　　　　　　　　　　(*The Rocks*)

(46) 決定詞

  a. cutting my
    life with
    (私の命を
    で切っている)　　　　　　　　(*Death the Barber*)
  b. Hitch up honey for the
    market race all
    (蜂蜜を市場競争の
    ために車につなぐ)　　　　　　(*A Folk Song*)

(47) 名詞句の修飾語

  a. weeping ― and moans for his lost
    departed soul the tears falling
    (泣く―そして彼の失い離れた
    魂を求めて唸る,涙がおちる)　(*Morning*)
  b. and I slipped between the good
    intensions, breathlessly.
    (そして私は間にすべり落ちた,
    良い意図の間に,息がつけなくなった)　(*The Cracks*)

(48) 名詞句の修飾語
　　a. The strict simple

　　　 principles of
　　　 straight branches
　　　（厳密で簡潔な

　　　 原理
　　　 まっすぐな枝の）　　　　　　　　　　　(*The Botticelian Trees*)
　　b. Make room for the furry, wooden eyed
　　　 monster. He is my friend
　　　（毛むくじゃらで木でできた目をもつ
　　　 怪物のための場所をつくる。彼は友達）
　　　　　　　　　　　　　　　　　　　　　　(*Saturday Afternoon*)
(49) 等位接続詞
　　a. frustration and
　　　 Doggedness ―
　　　（苛立ちと
　　　 決然たる意志）　　　　　　　　　(*An Early Martyr*)
　　b. sense of isolation and
　　　 whimsical if pompous
　　　（孤立の意味，そして
　　　 おもしろおかしい，もし真剣ならば）　　(*For Love*)
(50) 従属接続詞
　　a. on his way down as if
　　　 there were another direction

（彼が下ってゆく，さも
向かうべき別の方向があるがごとく）　　　　　(*The Dance*)

  b. think to understand if
the last time you looked
（考えるのはあなたが最後に ...
を見た場合理解するため）　　　　　　　　　(*Going to Bed*)

以上の例から，Williams と Creeley の詩における「句またがり」の型は，Dickinson の詩における「句またがり」の型と全く同じで，2人とも詩行の右端が可能な音調句の右端に対応するように作詩していることが明らかであろう。2人の詩人は，20世紀の詩人であるので，19世紀の詩人である Dickinson の詩形の直接の継承者とみなしてよいことになる。

(40)-(50) の事実に関するより重要な点は，この現代英語期の2人の詩人が，可能な音調句についての自分の言語直観を最大限利用して作詩していると考えられることである。2人の詩人の詩行は，一見すると不規則で伝統的な詩作の作法から逸脱しているかのように見えるが，実はそうではない。2人の詩人の詩は，表面的な形式が伝統的な詩行の形式（弱強五歩格など）とは違うことは確かであるが，2人の詩人の詩行の区切り方は，「詩行の右端⇔可能な音調句の右端」という原則に従っており，伝統的な詩行の区切り方と本質的な違いは全くない。それどころか，詩行の区切り方は保守的でさえある。

5.7. まとめ

　この章では，近代英詩の詩行構造は音節数や強勢数だけで決まっているわけではなく，詩人の言語能力が積極的に関与している場合があることを見た。具体例として，今まで例外的な扱いをされてきた Dickinson の「句またがり」の詩行を出発点として，詩行の構造に関して，「詩行の右端⇔可能な音調句の右端」という対応関係が，Dickinson の詩において成立していることを示し，同じ対応関係が Donne の詩とアメリカ自由詩のなかでも Williams の詩や Creeley の詩において成立していることを示した。

　このように，近代英詩の詩行構造の決定にも，単に1行の音節数や強勢数だけではなく，韻律や押韻と同様に，詩人の言語能力が積極的に関与しており，言語構造との対応関係を見いだすことができる。

　「詩行の右端⇔可能な音調句の右端」という対応関係は，この章で提示した詩人の詩において成立することは明らかになったが，普遍性があるか否かは，これから他の詩人の詩行構造を検討して決定しなければならない問題であることを最後に記しておかなければならない。

あとがき

　本書では，五つの章を費やして英詩の形式にかかわる諸問題のうち韻律，押韻，行構成という三つの問題に焦点を絞って，英詩の形式の特徴を論じた。特に後半の三つの章では，網羅的な論述を意図的に避け，英詩の詩形には英語の言語構造（統語構造や音韻構造）を基礎にして成立している部分が確実に存在することを，今までの研究であまり触れられなかった Emily Dickinson の詩行を中心に据えて例示しようとした。

　本書の内容を英詩の形式のうちの三つの側面に限定したのは，英詩の形式について言語研究の視点からの概説書がほとんどないように思われるからである。たとえば，英詩に見られる隠喩 (metaphor) に関しては，Lakoff and Turner (1989) のように詩的隠喩を言語学の視点から解説している文献がある。それに対して，英詩の韻律，押韻，行構造に関しては，言語学的視点から包括的な解説をしている文献はほとんどないのではないかと思われる。Fussell (1965)，Fry (2005)，Wolosky (2008) のような英詩の形式に関する概説書はあるが，言語研究の視点から特定の論点を重点的に記述したものではない。日本で出版された主なものは，英詩の韻律に関する包括的概説書である石井 (1964)，英詩全般を扱っている池上 (1967)，古英語と中英語の詩形と韻文文学の概説をしている松浪 (1977)，それと近代英詩の韻律を生成韻律論の視点から扱っている溝越 (1985, 1991) くらいである。

　本書のテーマに英詩の形式を選んだもう一つの理由は，英詩の

形式に関する諸問題は英語学や言語学の研究テーマになることを理解してもらいたいと願っているからである．繰り返しになるが，詩形研究は複数の学問領域の接点で成立している．第3章から第5章で示したとおり，英詩の韻律，押韻，行構造に関しては英語の統語的特徴と音韻的特徴が関係しており，英語の統語的特徴と音韻的特徴を無視して捉えることはできない．言語学的な視点なしでは英詩の形式の本質を把握することはできない．さらに，詩形の特徴の把握なしには詩のテクストの意味の把握も難しくなる．本書では扱わなかったが，詩の韻律の鋳型からの逸脱，「不完全脚韻」，それに「句またがり」は，最終的には「詩的意味」と関係していると考えられるからである．

　英詩の形式という言語研究の視点からみると周辺的で応用問題であるとみなされるテーマのおもしろさは，英詩の形式が文化的要素と詩人の言語能力の接点において成立していることにある．英語の各時代のさまざまな詩形が文化的背景から生み出されていることは，疑いの余地はない．古英語頭韻詩から20世紀の自由詩まで，生み出された時の文化的背景なしには語れない．しかし同時に，英詩の形式には枠があり，その枠には詩が作られた時代の英語の特徴が直接反映されていることも認めなければならない．たとえば，第1章でも述べたとおり，古英語頭韻詩には，語強勢が語頭にあるというゲルマン語の特徴がそのまま利用されている．また，第3章で述べたとおり，近代英語期の詩の韻律の鋳型からの逸脱には，詩人ごとの「個性」があるが，文の抽象的な統語構造が最大限利用されていることは間違いない．同様に，押韻や行構成についても抽象的な音韻表示や統語表示が関与している（第4章，第5章）．

このように，英詩の詩形研究は言語研究の研究対象とみなされ，世界的には言語研究の領域で英詩の形式について多くの研究成果が発表されている。それに対して日本では，古英語から現代英語までの詩の形式自体についての興味がそれほど高くないようにみえる。振り返れば，英詩の形式と言語構造との関連への興味や英詩の形式と詩的意味との関連への興味を持つ人が増えるきっかけにもなればよい，と考えたことも本書執筆の動機の一つであった。最後に，英詩の形式に興味を持ってくれる人が増えることを願って，あとがきとしたい。

参照文献

古英詩と中英詩

Bliss, Alan J. (1958) *The Metre of Beowulf*, Basil Blackwell, Oxford.

Cable, Thomas (1991) *The English Alliterative Tradition*, University of Pennsylvania Press, Philadelphia.

Creed, Robert P. (1990) *Reconstructing the Rhythm of Beowulf,* University of Missouri Press, Columbia.

Donoghue, Daniel (1987) *Style in Old English Poetry: The Test of the Auxiliary*, Yale University Press, New Haven.

Fujiwara, Yasuaki (1988) "On the Function of Alliteration," *English Linguistics* 5, 204-225

藤原保明 (1990)『古英詩韻律研究』渓水社, 広島.

Halle, Morris and Samuel J. Keyser (1966) "Chaucer and the Study of Prosody," *College English* 28, 187-219.

Halle, Morris and Samuel J. Keyser (1971) *English Stress: Its Form, Its Growth and Its Role in Verse*, Harper and Row, New York.

Hutcheson, Bellenden R. (1995) *Old English Poetic Metre*, D.S. Brewer, Cambridge.

Keyser, Samuel J. (1969) "Old English Prosody," *College English* 30, 331-356.

Klaeber, Frederick J. (1950) *Beowulf and the Fight at Finnsburg*, D.C. Heath, Boston.

Lass, Roger and John Anderson (1975) *Old English Phonology*, Cambridge University Press, Cambridge.

Lawrence, John (1893) *Chapters on Alliterative Verse*, Henry Frowde, London.

桝井迪男 (訳)(1995)『チョーサー作　完訳　カンタベリー物語（上）』(岩波文庫), 岩波書店, 東京.

松浪有 (1977)「中世英文学」『詩 I』, 松浪有・御輿員三, 1-298, 大修館

書店,東京.
Minkova, Donka (2003) *Alliteration and Sound Change in Early English*, Cambridge University Press, Cambridge.
Momma, Haruko (1997) *The Composition of Old English Poetry*, Cambridge University Press, Cambridge.
Nakao, Toshio (1978) *The Prosodic Phonology of Late Middle English*, Shinozaki Shorin, Tokyo.
中尾俊夫 (1972)『英語史 II』大修館書店,東京.
中尾俊夫 (1985)『音韻史』大修館書店,東京.
Oakden, J. P. (1930–35) *Alliterative Poetry in Middle English*, Manchester University Press, Manchester.
Okazaki, Masao (1992) "Irregular Alliteration in *Sir Gawain and the Green Knight*," *Tsukuba English Studies* 11, 49–74.
Okazaki, Masao (1998) "A Constraint on the Well-Formedness of Half-Lines of Old English Alliterative Verse," *English Linguistics* 15, 243–280.
Okazaki, Masao (2006) "Review of Donka Minkova's *Alliterantion and Sound Change in Early English*,"『近代英語研究』22, 153–166.
Okazaki, Masao (2007) "Review of Donka Minkova's *Alliterantion and Sound Change in Early English*," *Studies in English Lieterature* (English Number 48), 124–132.
小野茂・中尾俊夫 (1980)『英語史 I』大修館書店,東京.
Russom, Geoffrey R. (1987) *Old English Meter and Linguistic Theory*, Cambridge University Press, Cambridge.
Russom, Geoffrey R. (1998) Beowulf *and Old Germanic Metre*, Cambridge University Press, Cambridge.
Schumacher, Karl (1914) *Studien über den Stabreim mittelenglischen Alliterationsdichtung*, Peter Hanstein Verlagsbuchhandlung, Bonn.
Sievers, Eduard (1885) "Zur Rhythmik des Germanischen Alliterationsverses," *Beiträge zur Geschichite der Deutschen Sprache und Literatur* 10, 209–314, 451–545.
Sievers, Eduard (1893) *Altgermanische Metrik*, Max Niemeyer, Halle.
Stanley, Eric Gerald, ed. (1972) *The Owl and the Nightingale*, Man-

chester University Press, Manchester.
Terajima, Michiko (1985) *The Trajectory Constraint and 'Irregular' Rhymes in Middle English*, Shinozaki Shorin, Tokyo.
Terajima, Michiko (2000) *Metrical and Phonological Constraints on Middle English Metrical Strucrure*, Liber Press, Tokyo.
Tolkien, J. R. R. and E. V. Gordon, eds. (1967) *Sir Gawain and the Green Kinght*, 2nd revised edition by Norman Davis, Clarendon Press, Oxford.

近代英詩以降

Allen, Gay W. (1935/1966) *American Prosody*, Octgagon Books, New York.
Anderson, Paul W. (1966) "The Metaphysical Mirth of Emily Dickinson," *Georgia Review* 20, 72-83.
Aroui, Jean-Louis and Andy Arleo, eds. (2009) *Towards a Typology of Poetic Forms: From Language to Metrics and Beyond*, John Benjamins, Amsterdam.
Attridge, Derek (1982) *The Rhythms of English Poetry*, Longman, London.
Berry, Eleanor (1988) "William Carlos Williams' Triadic Line Verse: An Analysis of Its Prosody," *Twentieth Century Literature* 35, 364-388.
Boisseau, Michelle (2002) "Free Verse," *An Exaltation of Forms*, ed. by Annie Finch and KathrineVarnes, 73-80, University of Michigan Press, Ann Arbor.
Bridges, Robert and W. H. Gardner, eds. (1948) *Poems of Gerald Manley Hopkins*, 3rd ed., Clarendon Press, Oxford.
Carpenter, Frederic I. (1953) "Emily Dickinson and the Rhymes of Dream," *U of Kansas City Review* 20, 113-120.
Chafe, Wallace (1994) *Discourse, Consciousness, and Time*, University of Chicago Press, Chicago.
Creeley, Robert, ed. (1982) *The Collected Poems of Robert Creeley, 1945-1975*, University of California Press, Berkeley.

Cureton, Richard D. (1992) *Rhythmic Phrasing in English Verse*, Longman, London

Cushman, Stephen (1993) *Fictions of Form in American Poetry*, Princeton University Press, Princeton, NJ.

Dehé, Nicole (2007) "The Relation between Syntactic and Prosodic Parenthesis," *Parentheticals*, ed. by Nicole Dehéand Yordanka Kavalova, 261–284, John Benjamins, Amsterdam.

Dehé, Nicole (2009) "Clause Parentheticals, Intonational Phrasing, and Prosodic Theory," *Journal of Linguistics* 45, 569–615.

Dresher, B. Elan and Nila Friedberg, eds. (2006) *Formal Approach to Poetry: Recent Developments in Metrics*, Mouton de Gruyter, Berlin and New York.

Dylan, Bob (2004) *Lyrics 1962–2001*, Simon and Schuster, New York.

Fabb, Nigel (2002) *Language and Literary Form: The Linguistic Analysis of Form in Verse and Narrative,* Cambridge University Press, Cambridge.

Fabb, Nigel and Morris Halle (2008) *Meter in Poetry: A New Theory*, Cambridge University Press, Cambridge.

Finch, Annie (1993) *The Ghost of Meter: Culture and Prosody in American Free Verse*, University of Michigan Press, Ann Arbor.

Finch, Annie (2002) "Dactylic Meter: A Many-Sounding Sea," *An Exaltation of Forms*, ed. by Annie Finch and Kathrine Varnes, 66–72, University of Michigan Press, Ann Arbor.

Finch, Annie and Kathrine Varnes, eds. (2002) *An Exaltation of Forms*, University of Michigan Press, Ann Arbor.

Fitzpatrick, Eileen (2001) "The Prosodic Phrasing of Clause-Final Prepositional Phrases," *Language* 77, 544–561.

Franklin, Ralph W., ed. (1999) *The Poems of Emily Dickinson: Reading Edition,* The Belknap Press of Harvard University Press, Cambridge, MA.

Fry, Stephen (2005) *The Ode Less Travelled: Unlocking the Poet Within*, Hutchinson, London.

Fussell, Paul Jr. (1965) *Poetic Meter and Poetic Form*, Random

House, New York and London.

Gardner, W. H. (1953) *Poems and Prose of Gerald Manley Hopkins*, Penguin Books, London.

Gerber, Natalie (2007) "Structural Surprise in the Triadic-Line Poems," *William Carlos Williams Review* 27, 179-186.

Golston, Chris (1998) "Constraint-Based Metrics," *Natural Language and Linguistic Theory* 16, 710-770.

Hacker, Marilyn (2002) "The Sonnet," *An Exaltation of Forms*, ed. by Annie Finch and Kathrine Varnes, 297-307, University of Michigan Press, Ann Arbor.

Halle, Morris and Samuel J. Keyser (1971) *English Stress: Its Form, Its Growth and Its Role in Verse*, Harper and Row, New York.

Halle, Morris and Samuel J. Keyser (2001) "On Meter in General and on Robert Frost's Loose Iambics in Particular," *Linguistics: In Search of the Human Mind*, ed. by Masatake Muraki and Enoch Iwamoto, 130-154, Kaitakusha, Tokyo.

Hanson, Kristin (2002) "Vowel Variantion in Engilsh Rhyme," S*tudies in the History of the English Language: A Millennial Perspective*, ed. by Donka Minkova and Robert Stockwell, 207-229, Mouton de Gruyter, Berlin and New York.

Hanson, Kristin (2003) "Formal Variation in the Rhymes of Robert Pinsky's *The Inferno of Dante*," *Language and Literature* 12, 309-337.

Hanson, Kristin and Paul Kiparsky (1996) "A Parametric Theory of Poetic Meter," *Language* 72, 287-335.

原成吉(訳編)(2005)『ウィリアムズ詩集』思潮社, 東京.

Hartman, Charles O. (1980) *Free Verse: An Essay on Prosody*, Princeton University Press, Princeton, NJ.

Hartman, Charles O. (2002) "Anapestics," *An Exaltation of Forms*, ed. by Annie Finch and Kathrine Varnes, 52-58, University of Michigan Press, Ann Arbor.

Hayes, Bruce (1983) "A Grid-Based Theory of English Meter," *Linguistic Inquiry* 14, 357-393.

Hayes, Bruce (1989) "The Prosodic Hierarchy in Meter," *Phonectics and Phonology 1: Rhythm and Meter*, ed. by Paul Kiparsky and Gilbert Youmans, 201–260, Academic Press, San Diego.

Hayes, Bruce (2009a) "The Faithfulness and Componentiality in Metrics," *The Nature of the Word*, ed. by Sharon Inkelas and Kristin Hanson, 113–148, MIT Press, Cambridge, MA.

Hayes, Bruce (2009b) "Textsetting as Constraint Conflict," *Towards a Typology of Poetic Forms*, ed. by Jean-Louis Aroui and Andy Arleo, 43–61, John Benjamins, Amsterdam.

Hayes, Bruce and Abigail Kaun (1996) "The Role of Phonological Phrasing in Sung and Chanted Verse," *The Linguistic Review* 13, 243–303.

Hayes, Bruce and Margaret MacEachern (1998) "Quatrain Form in English Folk Verse," *Language* 74, 473–507.

Hayes, Bruce and Claire Moore-Cantwell (2011) "Gerard Manley Hopkins's Sprung Rhythm: Corpus Study and Stochastic Grammar," *Phonology* 28, 235–282.

Hayes, Bruce, Colin Wilson and Anne Shisko (2012) "Maxent Grammars for the Metrics of Shakespeare and Milton," *Language* 88, 691–731.

平井正穂(訳)(1981)『ミルトン作 失楽園(上)』(岩波文庫),岩波書店,東京.

平井正穂(編)(1990)『イギリス名詞選』(岩波文庫),岩波書店,東京.

Hollahan, Eugene (1995) *Hopkins against History*, Creighton, Omaha, NE.

Holloway, Sister Marcella Marie (1947) *The Prosodic Theory of Gerald Manley Hopkins*, Catholic University of America Press, Washington, D.C.

池上嘉彦(1967)『英詩の文法――語学的文体論』研究社,東京.

石井白村(1964)『英詩律読法概説』篠崎書林,東京.

Jackendoff, Ray (1987) *Consciousness and the Computational Mind*, MIT Press, Cambridge, MA.

Karpeles, M., ed. (1932) *English Folk Songs from the Southern Appa-*

lachians Collected by Cecil J. Sharp, Oxford University Press, Oxford.

Karpeles, M., ed. (1974) *Cecil Sharp's Collection of English Folk Songs*, 2 vols., Oxford University Press, Oxford.

Keppel-Jones, David (2001) *The Strict Metrical Tradition: Variations in the Literary Iambic Pentameter from Sidney and Spenser to Matthew Arnold*, McGill-Queen's University Press, Montreal and Kingston.

Kiparsky, Paul (1975) "Stress, Syntax, and Meter," *Language* 51, 576-616.

Kiparsky, Paul (1977) "The Rhythmic Structure of English Verse," *Linguistic Inquiry* 8, 189-247.

Kiparsky, Paul (1989) "Sprung Rhythm," *Phonetics and Phonology 1: Rhythm and Meter*, ed. by Paul Kiparsky and Gilbert Youmans, 305-340, Academic Press, San Diego.

Kiparsky, Paul (2006) "A Modular Mettrics for Folk Verse," *Formal Approach to Poetry: Recent Developments in Metrics*, ed. by B. Elan Dresher and Nila Friedberg, 7-49, Mouton de Gruyter, Berlin and New York.

Kiparsky, Paul and Gilbert Youmans, eds. (1989) *Phonetics and Phonology 1: Rhythm and Meter*, Academic Press, San Diego.

Lakoff, George and Mark Turner (1998) *More than Cool Reason: A Field Guide to Poetic Metaphor*, University of Chicago Press, Chicago.

Lindberg-Seyersted, Brita (1968) *The Voice of the Poet: Aspects of Style in the Poetry of Emily Dickinson*, Almqvist & Wiksells Boktryckeri AB, Uppsala.

Malone, Joseph (1982) "Generative Phonology and Turkish Rhyme," *Linguistic Inquiry* 13, 550-553.

Malone, Joseph (1988) "Underspecification Theory and Turkish Rhyme," *Phonology* 5, 293-298.

Masui, Michio (1964) *The Structure of Chaucer's Rhyme Words*, Kenkyusha, Tokyo.

Miles, Susan (1925) "Irregularities of Emily Dickinson," *London Mercury* XIII, 145–158.

Milroy, James (1977) *The Language of Gerald Manley Hopkins*, Deutsch, London.

溝越彰 (1985)「英詩のリズム構造」『音韻論』, 桑原輝男, 高橋幸雄, 小野塚裕視, 溝越彰, 大石強, 263–388, 研究社出版, 東京.

溝越彰 (1991)「英詩のリズム」『英語の発音と英詩のリズム』, 窪薗晴夫・溝越彰, 177–225, 英潮社, 東京.

Morris, Timosthy (1988) "The Development of Dickinson's Style," *American Literature* 60, 26–41.

岡崎正男 (2001)「英詩の韻律論: 音韻論と他の部門の接点」日本英語学会第 19 回大会シンポジウム「音韻研究の展開」における口頭発表 (2001 年 11 月 11 日, 東京大学駒場キャンパス).

岡崎正男 (2004)「エミリィ・ディキンスンの詩における『詩形』と『意味』の対応: 言語理論の視点から」日本エミリィ・ディキンスン学会第 20 回大会シンポジウム「今考えるディキンスンの詩の魅力」における口頭発表 (2004 年 6 月 19 日, 神戸女学院大学).

岡崎正男 (2005)「韻律的倒置再考」日本英文学会第 77 回大会シンポジウム「英語の韻律と言語理論」における口頭発表 (2005 年 5 月 22 日, 日本大学世田谷キャンパス).

Okazaki, Masao (2005) "Review of *Language and Literary Form: The Linguistic Analysis of Form in Verse and Narrative* by Nigel Fabb," *Studies in English Literature* (English Number 46, 2005), 341–348.

Okazaki, Masao (2006) "Review of *Alliteration and Sound Change in Early English* by Donka Minkova,"『近代英語研究』22, 153–166.

Okazaki, Masao (2007) "Review of *Alliteration and Sound Change in Early English* by Donka Minkova," *Studies in English Literature* (English Number 48), 124–132.

Okazaki, Masao (2011) "Enjambment in Emily Dickinson's Poems,"『近代英語研究』27, 121–144.

岡崎正男 (2012)「Emily Dickinson の脚韻再考」日本エミリィ・ディキンスン学会第 27 回大会シンポジウム「Sound and Meaning in Emily Dickinson's Poems」における口頭発表（2012 年 6 月 30 日，国際基督教大学）．

岡崎正男 (2013a)「韻律的倒置とその機能特化」『文法化と構文化』，秋元実治・前田満（編），123-154，ひつじ書房，東京．

岡崎正男 (2013b)「不完全脚韻再考」日本英文学会第 85 回大会における口頭発表（2013 年 5 月 25 日，東北大学）．

Ong, Walter J. (1949) "Hopkins' Sprung Rhythm and the Life of English Poetry," *International Diamond: Studies in Gerald Manley Hopkins*, ed. by Norman Weyland, 93-174, Sheed, London.

Perloff, Marjorie (1970) *Rhyme and Meaning in the Poetry of Yeats*, Mouton, The Hague.

Phillips, Carl (2002) "Running with Abandon: Some Notes on Trochaic Meter," *An Exaltation of Forms*, ed. by Annie Finch and Kathrine Varnes, 59-65, University of Michigan Press, Ann Arbor.

Porter, David (1966) *The Art of Emily Dickinson's Early Poetry*, Harvard University Press, Cambridge, MA.

Ritchie, Jean (1965) *Folk Songs of the Southern Appalachians as Sung by Jean Ritchie*, Oak Publication, New York.

Ridland, John (2002) "Iambic Meter," *An Exaltation of Forms*, ed. by Annie Finch and Kathrine Varnes, 39-45, University of Michigan Press, Ann Arbor.

Selkirk, Elisabeth (1984) *Phonology and Syntax: The Relation between Sound and Structure*, MIT Press, Cambridge, MA.

Sharp, Cecil J., ed. (1916) *One Hundred English Folksongs*, Oliver Ditson, Boson.

Sharp, Cecil J., ed. (n.d.) *Folk Songs of English Origin Collected in the Appalachian Mountains*, Nevello, London

Small, John J. (1990) *Positive as Sound: Emily Dickinson's Rhymes*, University of Georgia Press, Athens, GA.

Taglicht, Josef (1998) "Constraints on Intonational Phrasing in English," *Journal of Linguistics* 34, 181-211.

高松雄一（訳）(1986)『シェイクスピア作　ソネット集』（岩波文庫），岩波書店，東京．

Tarlinskaja, Marina (1976) *English Verse. Theory and History*, Mouton, The Hague.

Tarlinskaja, Marina (1984) "Rhythm-Morphology-Syntax-Rhythm," *Style* 18, 1-26.

Tarlinskaja, Marina (1987) "Rhythm and Meaning: Rhythmical Figures in English Iambic Pentameter, Their Grammar, and Their Links with Semantics," *Style* 21, 1-35.

Tarlinskaja, Marina (2006) "What is Metricality? English Iambic Pentameter," *Formal Approach to Poetry: Recent Developments in Metrics*, ed. by B. Elan Dresher and Nila Friedberg, 53-74, Mouton de Gruyter, Berlin and New York.

The Oxford Hymn Book (1908) Clarendon Press, Oxford.

Tomlinson, Charles, ed. (1985) *William Carlos Williams: Selected Poems*, New Directions Book, New York.

Wesling, Donald (1996) *The Scissors of Meter: Grammatics and Reading*, University of Michigan Press, Ann Arbor.

Wimsatt, James I. (1998) "Alliteration and Hopkins's Sprung Rhythm," *Poetics Today* 19, 531-564.

Wimsatt, James I. (2006) *Hopkins's Poetics of Speech Sound: Sprung Rhythm, Lettering, Inscape*, University of Toronto Press, Toronto.

Wimsatt, W. K., ed. (1972) *Versification: Major Language Types*, New York University Press, New York.

Wolosky, Shira (2008) *The Art of Poetry: How to Read a Poem*, Oxford University Press, Oxford.

Youmans, Gilbert (1989) "Milton's Meter," *Phonetics and Phonology 1: Rhythm and Meter*, ed. by Paul Kiparsky and Gilbert Youmans, 341-379, Academic Press, San Diego.

Youmans, Gilbert (1996) "Recodering Chaucer's Prosody," *English Historical Metrics*, ed. by C.B. McCully and J.J. Anderson, 185-209, Cambridge University Press, Cambridge.

湯浅信之(編)(1995)『対訳　ジョン・ダン詩集』(岩波文庫), 岩波書店, 東京.

Zwicky, Arnold (1976) "Well, This Rock and Roll has Got to Stop. Junior's Head is Hard as Rock," *CLS* 12, 676-697.

索　引

1. 日本語は五十音順に並べている。英語で始まるものは日本語読みして，該当箇所に入れている。
2. 詩人名はアルファベット順で，最後に一括して並べている。
3. 数字はページ数を示す。

[あ行]

assonance　→脚韻
apocopated rhyme　→脚韻
鋳型からの逸脱　29, 39, 40, 41, 43, 45, 50, 54, 70, 71, 73, 79, 80, 82, 83, 86, 87, 89, 94, 96, 97, 100, 101, 103, 104, 105, 107, 176
　...S][W...⇔[xP σWσS]　76-78, 79, 80, 81, 82, 83, 84, 87, 89, 91-93, 97, 101, 105
　[WS]⇔[WORD σSσW]　39, 76-78, 80, 81, 82, 91-93, 101, 105, 106-107
　...S][W...⇔[WORD σWσS]　78, 79, 81, 84, 87, 93-94, 99-100, 101, 106
韻律的倒置　→鋳型からの逸脱, [WS]⇔[WORD σSσW]
韻律の鋳型　27, 29, 50, 51, 54, 70, 74, 79, 83, 85, 94, 95, 100, 103, 104, 108, 176
弱強五歩格　36-42, 45, 50, 66, 71, 143, 145, 159, 161
弱強四歩格　26, 27, 72
音節
　強音節　2, 7, 24, 36, 56, 88, 97, 101
　弱音節　2, 5, 7, 15, 24, 26, 36, 56, 59, 60, 96
　強勢音節　36, 70, 71, 72, 73, 77, 96, 110
　無強勢音節　36, 96
　重音節　8
　軽音節　8
音調句　66, 152-159, 160, 161, 162, 163, 166, 167, 172, 173

[か行]

開音節長化　11
介在母音　119-122, 127, 128, 132,

134-135
関係詞　47, 100, 156, 165
脚
　弱強格　35, 36, 50, 51, 71, 73, 105
　強弱格　35, 71
　弱弱強格　35, 71, 95, 96
　強弱弱格　35, 96
脚韻　2, 12, 22, 24-25, 26, 29, 31, 32, 36, 40, 41-42, 50, 54, 55, 58, 62, 89, 第 4 章, 145, 146, 155
　完全脚韻　30, 41, 42, 55, 102, 110-111, 113, 124
　不完全脚韻　29-31, 41, 42, 55, 66, 第 4 章, 155, 176
　assonance　41, 112, 136-140
　consonance　41, 112, 113-136, 138, 140
　light rhyme　41, 112
　apocopated rhyme　41, 112
脚韻詩　12, 34, 37, 43, 45, 48, 50, 58, 60, 110, 111, 112, 113, 143, 145, 146, 152, 159, 163
　中英語脚韻詩　21-32
強音節　→音節
強音部　3, 59, 60, 62, 89
強弱格　→脚
強弱弱格　→脚
強勢音節　→音節
近代英語　34, 35, 37, 41, 42, 43, 50, 56, 60, 66, 74, 79, 81, 86, 87, 89, 94, 114, 119, 159, 161, 176
行頭　27, 39, 40, 45, 47, 54, 58, 72, 77, 79, 81, 85, 88, 89, 91, 107, 149
行末　22, 23, 24, 26, 36, 40, 42, 43, 45, 46, 47, 48, 54, 64, 86, 89, 90, 91, 93, 96, 101, 107, 108, 110, 115, 117, 142, 145, 148, 149, 150, 151, 152, 153, 159, 160
行末終止行　143, 152, 158, 159
句またがり　43, 46-48, 50, 63-65, 66, 67, 第 5 章
句末　27, 28, 74, 78, 80, 91, 97, 101, 106, 149, 151
軽音節　→音節
形容詞　27, 65, 70, 75, 77, 78, 151, 156, 162
決定詞　149, 162, 165, 170
現代英語　2, 5, 21, 23, 34, 133, 172
交替母音　115, 116, 117, 118, 119, 120, 122, 125, 126, 128, 130, 131, 134, 135
　接辞付加により生じる交替　114, 115, 118, 120, 123, 125, 126, 132, 135
　アプラウトにより生じる交替　116, 117, 118, 120, 121, 125, 128, 134, 135, 136
古英語　3-6, 9-12, 17, 18, 20-23, 32, 34, 60, 142, 175, 176, 177
古英語頭韻詩　→頭韻詩
consonance　→脚韻

[さ行]

讚美歌　50, 51–56, 86, 87, 88, 94, 104, 111
弱音節　→音節
弱音部　59, 89, 96
弱強格　→脚
弱弱強格　→脚
弱強五歩格　→律格
修飾語　89, 150, 151, 165, 170
重音節　→音節
自由詩　62–66, 67, 167–172, 173, 176
sprung rhythm　56–62
生成韻律論　7, 8
声門閉鎖音　11, 12, 21
節末　46, 64, 145, 147, 148, 149, 151, 152, 159
接続詞　47, 151, 156, 158, 162, 166, 171
　等位接続詞　151, 158, 171
　従属接続詞　151, 158, 171
前置詞　27, 39, 40, 45, 48, 74, 75, 76, 95, 145, 148, 149, 155, 156, 162, 164, 169
前置詞句　27, 48, 145, 149
ソネット　37–38, 41, 58, 144–145
　English sonnet　37, 58, 145
　Italian sonnet　58

[た行]

中英語　3, 11–32, 34, 35, 43, 112, 142, 175
中英語脚韻詩　→脚韻詩
中英語頭韻詩　→頭韻詩
長行　3, 13, 19
頭韻　2, 9–12, 60–61
　母音の頭韻　4, 11, 17, 18, 19, 20, 21
　音価の違う子音同士の頭韻　10, 19
頭韻詩
　古英語頭韻詩　3–11, 18, 22, 60, 178
　中英語頭韻詩　11–21
動詞　21, 27, 28, 39, 40, 45, 46, 47, 48, 70, 74, 76, 77, 78, 89, 100, 106, 147, 148, 154, 155, 160, 162, 163, 168
　自動詞　46, 47, 89
　他動詞　46, 47, 147, 160, 162, 163
動詞句　27, 47, 76, 107

[は行]

半行　2, 5, 18–19
最小半行　8–9
副詞　45, 46, 47, 48, 70, 77, 78, 107, 149, 160, 161, 162
文強勢　89
(法)助動詞　28, 74, 148, 154, 155, 156, 162, 164, 168
母音交替　114, 115, 116, 125, 134

[ま行]

民謡　55, 70, 104-108
無韻詩　42-50, 66, 67, 142, 145, 159, 161
無強勢音節　→音節
名詞句　74, 75, 76, 89, 96, 107, 145, 147, 149, 150, 156, 160, 161, 165, 170
　主語名詞句　46, 47, 48, 74, 145, 147, 156, 163, 165
　目的語名詞句　74, 75

[ら行]

light rhyme　→脚韻
律格　34, 35, 62, 70, 71, 72, 73, 86, 87, 95, 101, 104
　厳密な律格　70-73
　厳密ではない律格　70-73, 97
連
　2行連　37, 51, 52, 58, 65
　4行連　37, 40, 50, 51, 52, 54, 55, 56, 58, 86, 88, 111, 145
　6行連　50, 65
　8行連　124

[詩人]

Bishop, Elizabeth　63
Chaucer, Geoffrey　23, 43
Coleridge, Samuel Taylor　72
Creeley, Robert　167-172
Dickinson, Emily　42, 55, 66, 67, 70, 86-97, 100, 103, 104, 110, 111, 112, 113-122, 123, 124, 125, 126, 130, 131, 132, 133, 136, 146-162, 166, 167, 172, 173, 175
Donne, John　81-84, 86, 89, 93, 94, 163-166, 167, 173
Eliot, T. S.　70, 100, 101, 103
Frost, Robert　70, 97-100, 101
Hopkins, Gerald Manley　56-62, 112
Milton, John　43, 79-81, 82, 83, 84, 86, 87, 94, 97, 106
Shakespeare, William　37, 41, 42, 48, 58, 74-79, 80, 81, 82, 83, 84, 85, 86, 87, 94, 95, 106, 107, 143, 144, 145, 152, 159
Tennyson, Alfred Lord　71
Williams, William Carlos　64, 66, 167-172, 173
Wright, James　63

岡崎　正男　（おかざき　まさお）

1964年，茨城県生まれ。1991年，筑波大学大学院博士課程文芸・言語研究科単位取得退学。1996年，博士（言語学）（筑波大学）。現在，茨城大学人文学部教授。

主な著書・論文：*English Sentence Prosody: The Interface between Sound and Meaning* (Kaitakusha, 1998)，『文法におけるインターフェイス』（共著，研究社，2001），*A New Century of Phonological Theory*（共編著，Kaitakusha, 2003），"A Semantic Analysis of Sentence Accent Assignment in English,"『言語研究』107，"A Constraint on the Well-Formedness of Half-Lines of Old English Alliterative Verse," *English Linguistics* 15，"Contraction and Grammaticalization," *Tsukuba English Studies* 21，"Enjambment in Emily Dickinson's Poems,"『近代英語研究』27，"Review: *Topicalization and Stress Clash Avoidance in the History of English* by Augustin Speyer," *English Linguistics* 30，など。

英語の構造からみる英詩のすがた
——文法・リズム・押韻——　　　　　　　　　　　　　　　　　　　　　　　　　　　　＜開拓社　言語・文化選書44＞

2014年3月28日　第1版第1刷発行

著作者　　岡崎　正男
発行者　　武村　哲司
印刷所　　日之出印刷株式会社／日本フィニッシュ株式会社

発行所　　株式会社　開拓社　　〒113-0023　東京都文京区向丘1-5-2
　　　　　　　　　　　　　　　電話　（03）5842-8900（代表）
　　　　　　　　　　　　　　　振替　00160-8-39587
　　　　　　　　　　　　　　　http://www.kaitakusha.co.jp

© 2014 Masao Okazaki　　　　　　　ISBN978-4-7589-2544-0　C1382

JCOPY　＜（社）出版者著作権管理機構　委託出版物＞
本書の無断複写は著作権法上での例外を除き禁じられています。複写される場合は，そのつど事前に，（社）出版者著作権管理機構（電話 03-3513-6969，FAX 03-3513-6979，e-mail: info@jcopy.or.jp）の許諾を得てください。